ロボビルド 戦塔物語

川野 将一

【定礎（ていそ）】
建物の安泰を祈り足元に埋め込まれる石。
建物がロボットに変形する起動スイッチ。

目次

凌雲閣 編

起動三万四千三百四十七日前　江戸川乱歩

「あなたは、十二階へ御昇りなすったことがおありですか。アア、おありなさらない。それは残念ですね。あれは一体どこの魔法使が建てましたものか、実に途方もない、変てこれんな代物でございましたよ」

一九二九年（昭和四年）、横溝正史が二代目の編集長になって二年目の娯楽総合雑誌『新青年』六月号に掲載された江戸川乱歩著の短編小説『押絵と旅する男』。

そこには登場人物の男が明治時代に建てたられた伝説の塔〝浅草十二階〟こと「凌雲閣」について語る記述があった。

汽車の中で押絵と旅する男が話を続ける。

「表面は伊太利の技師のバルトンと申すものが設計したことになっていましたがね。まあ考えて御覧なさい。その頃の浅草公園と云えば、名物が先ず蜘蛛男の見世物、娘剣舞に、玉乗り、源水の独楽廻しに、覗きからくりなどで、せいぜい変わった所が、お富士さまの作り物に、メーズと云って、八陣隠れ杉の見世物位でございましたからね。そこへあなた、ニョキニョキと、まあ飛んでもない高い煉瓦造りの塔が出来ちまったんですから、驚くじゃござんせんか。高さが四十六間と申しますから、半丁の余で、八角型の頂上が、唐人の帽子みたいに、とんがっていて、ちょっと高台へ登りさえすれば、東京中どこからでも、その赤いお化が見られたものです」

少し中身を補えば、設計者のウィリアム・キニンモンド・バルトンの出身国は正しくは「伊太利（イタリア）」ではなく「蘇格蘭（スコットランド）」で、もともとの専門は衛生工学。

世界的なコレラ大流行の時代、日本にも公衆衛生上から上下水道の普及が急務とされ、衛生局のお雇い外国人技師として東京市の上下水道取調主任に着任した。

全国をめぐり水源の調査から測量、上下水道の設計に邁進し、誠実でひたむきな仕事ぶりと確かな成果は日本人技術者への手本となったことから凌雲閣の設計を依頼されている。

水道が引けるなら建物の設計だって出来るに違いないと頼まれ何とか形にしたバルトン。

日本の建築の職人たちが加勢し、何とか魔法を使わず、平屋ばかりでぽつぽつと二階建ての家が建っていた時代に赤い煉瓦で覆われた十二階の塔を建設した。

ちなみに「お富士さまの作り物」というのは、浅草に凌雲閣が建てられるきっかけにもなった眺望施設「富士山縦覧場」のこと。

もともとは一八八六年（明治十九年）に浅草寺で五重塔の修繕が行われたとき、見物人からお金をとって工事の足場を景色を楽しむ眺望台として開放し人気を集めていた背景があった。

高所なら富士山だろうと造られた高さ十八間（三十二メートル）の木造の富士山を建設。

季節に関係なく浅草で富士山からの景色を楽しめると〝登山者〟が殺到し、その評判が広まって大阪にも類似する建物「浪花富士」が建設された。

そのような見世物がひしめき合う浅草という空間の中にあって、なお〝赤いお化〟と塔の過剰な猥雑さを見事に謳い上げ物語に色気をもたらす稀代の天才推理作家。

しかし、江戸川乱歩の一級品の観察眼をもってしても、実はその凌雲閣に「戦塔」への変形機能が備わっていたことまでは知る由もなかった。

起動四万八千四百十二日前　髪結

「なにやらこっちを覗かれているように感じます」

一八九〇年（明治二十三年）十一月、おすずはいつものように東京・新橋の待合「桝田屋」でお座敷に入る前の芸妓・お妻の髪を結っていた。

お妻が気になったのは、この半年間、徐々に高く積み上がっていく様子を遠くから眺め続け、ようやく開業の日を迎えた塔、〝浅草十二階〟とも呼ばれる「凌雲閣」のことだ。

浅草と新橋。たとえ澄んだ空気の中で遮るものがない十二階の建物でも一里以上離れていては当然ながら人の姿など見えようがない。

「あらまぁ、展望台の観光客と目が会いまして？」

ふふふと鏡越しに顔を合わせて笑い合う二人。

十六歳の同年でお妻は新橋の花街では人気の芸妓として贔屓客を増やし、おすずは日頃は師匠のびんだらいを持ち歩きながら最近は一人での廻り髪結も任されるようになっていた。

おすずの独り立ちのきっかけを作ってくれたのがお妻だった。

時間を間違え師匠に先んじ一人で待合に来たおすずために練習台を買って出たお妻。

まるで女学校の休み時間のように二人して髪を結ってはほどきを繰り返し、その時に完成させた「つぶし島田」が師匠を納得させた今のお妻の基本の髪型になっている。

「でも、ほんとに、お妻さんなら髪なんか結わなくても洗い髪のままでも十分と思いますけど」

「またそんなことを・・・。ザンバラ髪のままなんてお客様に失礼です」

おすずの賛嘆にお妻はまんざらでもないといった様子で直接顔を向けて否定する。

お妻の洗いざらしの黒い髪に櫛目を通す心地良さと同様、その上目遣いの微笑みを間近で見られることにおすずは髪結仕事のやり甲斐と喜びを感じていた。

しかし、おすずにはそれほどに慕うお妻にも秘密にしていることがあった。


起動四万八千三百九十六日前　　浅草十二階

「酉の市のようなこの賑わい、どういうことでしょう」

「お妻さん、離れないように手を握らせていただきます」

休みが重なり、おすずはお妻に誘われ凌雲閣の開業で盛り上がる浅草へ出向いた。

花屋敷に人形芝居、オペラに玉乗り、演劇に活動写真・・・、極彩色の娯楽施設の誘惑に後ろ髪が引かれるが、高さ百七十三尺（約五十二メートル）の浅草の新しいシンボルを目指す二人。

大人一人八銭（約千六百円）の入館料を払い一階のエントランスフロアへ。

ここで日本初の電動昇降器、七馬力のエレベートルに乗ることもお目当てにしていたのだが開業まもないというのにまさかの故障中。

電動式エレベートルは東京電力と名前が変わる前の東京電燈株式会社が電球を灯すだけの会社じゃないと電力の供給を披露する格好の宣伝の場であったが、実は来賓を招いた開閣式でも作動せず、電気力時代の未来はまだ明るく照らされてはいなかった。

おすずとお妻はやむをえず階段を休み休み登りながら各階を視察した。

広さは建坪三十七坪で直径三十六尺（約十一メートル）。

二階から七階は売店。

玩具や菓子、宝石に工芸品、国内品はもちろん外国産も多数あり。

いうなれば、周辺の浅草の土産物街が一箇所にまとめられたような趣である。

八階から九階は休憩所。

美術品や楽器などの展示施設もあり賑やかな音楽が流れている。

そして十階はいよいよ高さが実感出来る、大きな窓から陽が差し込む眺望室だ。

「もう無理！　ここで十分です」

「せっかく来たのですから一番上まで参りませんと」

おすずは疲れと恐怖で足がすくむお妻の手を引っ張り、さらに螺旋階段を上に登る。
十一、十二階は窓がない代わりにテラスが設けられ壁の外側へ出ることが出来た。
凌雲閣に〝雲を凌ぐほど高い〟という意味が込められているように、その場所からは、東京一帯、天候によっては伊豆、富士、日光までを見渡すことが出来た。

おすずは一銭（約二百円）を払い係の人から双眼鏡を借用。

使い方を教えてもらい新橋の方向を覗く。

「お妻さん、見えましたよ！　あれ、桝田屋さんじゃありません？」

おすずは覗き込む位置を固定したままお妻に双眼鏡を預ける。

「あ、ほんと。鏡の前でお妻さんがおすずさんに髪を結ってもらっているのが見えますわ」

「ふふふ・・・おすずさん、今日は上手に結えているのでしょうか？」

「昨日も今日も明日も明後日も、おすずさんは上手に結ってくれています」

高さに怯えるのを忘れてはしゃぎ、二人は大賑わいの日本一の塔をあとにした。

せっかくだからと桜なべをつつき、夜道の帰路を歩いている時に事は起こった。

暗がりからふいに出て来た男が二人の前の道を塞いだ。

「おとなしく巾着を渡すんだ」

男の右手には刃先の光る匕首が握られていた。

「お妻さんは下がっていてください」

「そんな・・・」

おすずは男から目を離さずに首巻を外して左腕に巻きつける。

「ほほう、面白い。こんなところで命知らずのお転婆さんと出会えるとは」

その瞬間、おすずは男が振り上げた右手を左手で払って匕首を落とし、そのまま着物の袖を掴み、百八十度回しながら相手の左手をくぐって懐に入り込み、体が回転したところで相手の体に自分の背中を密着させる。

「てぇぇーーーい！」

声を上げたおすずはそのまま一気に男を背負い投げで仕留めた。

「さっ、お妻さん、急ぎましょう！」

「あいたたた」

仰向けになって倒れたまま起き上がれないでいる男。

「・・・え?・・・え?」

おすずは呆気にとられているお妻の手を引っ張り夜道を駆けていく。

起動四万八千三百九十二日前　　背負い投げ

「てぇーーい！　てぇーーい！」

「もう、おやめください。頭が動いて髪が結えません」

鏡の前でおすずの背負い投げの所作を真似、声を出し腕を振り上げるお妻。

事件のあとにお礼も頂いたが、私が見せた背負い投げにはさぞ驚いたらしい。

「もう、柔道を操られるなんて聞いていませんでした」

「操るなんてとんでもない。なにぶん始めたばかりでお伝えする機会を逃していました」

江戸時代から伝わる古武道の柔術を競技として発展させるため、師範の嘉納治五郎は一八八二年（明治十五年）に講道館柔道を創始。

早くから女子教育、女子体育の重要性を鑑みていたことから女子の門下生も積極的に受け入れを行っていた。

しかし、女性が運動競技、ましてや身体接触のある柔道を始めることには抵抗の声が多く希望者が集まらず、髪結の贔屓客を通じておすずに声がかかかった。

茶も華も習っていないことを気に病んでいた自分が柔の道なんてと笑ってしまったが、ひやかしでもいいから一度だけと誘われてそのまま続けている。

女子部の多くは高等師範学校長の子女など嘉納師範の身近な家族の子女が多く、家柄や出目の影響からか、稽古では「ごめんあそばせ」「お痛かった?」などの上品な言葉が飛び交っていた。

そんななかおすずは一人だけ、「せいやー!」「てぇーい!」「うりゃー!」と掛け声を上げ、男子部の門下生からも注目を受け道場全体の士気を上げる役割を担っていた。

先の一件から柔道は護身にも役立つことを加納師範にはお伝えすべきだなと思った。

「てえぇーーーい!」

お手水に行ったはずのお妻の掛け声が別の部屋からどすんという音とともに聞こえた。

嫌な予感がしておすずが急いで向かうと、お妻が下働きの若い男を見よう見まねで投げ飛ばそうとして失敗し二人で重なり合って倒れていた。

はぁとため息をつくおすず。やれやれ、髪の結い直しだ。

起動四万八千二百二十九日前　百美人

「もう、エレベートルは営業停止だそうで」

「あらっ、凌雲閣ですか?」

「結局、おすずさんとは一緒に乗れませんでしたなあ」

小雨の降るなか浅草方向を眺めお妻はそうつぶやいた。

二人で開業間もなく訪れた、日本を代表する明治一の高塔・浅草の凌雲閣。

その時も日本初が謳い文句だった電動式エレベートルには故障中で乗れず、その後も復旧してはまた故障する事態が続いていた。

乗ったお客さんによると、扉の上半分が空いた箱の中は三畳ほどの木製の小部屋といった感じであったそう。

姿見があり壁の三方には腰かけが備えられていて天井には灯りが点いていたが、建物の中央に設置されているため乗っている間は外の景色が一切楽しめなかったという。

そのスピードは一秒間に十数センチ、最上まで約二分間。

木の軋む音にモーターの駆動音、巻き上げ式ドラムの音などありとあらゆる騒音がずっと逃げ場のない箱のなかで響き渡っていたそうだ。

後の発展を知る物には不便と苦痛を想像するが、当時の観光客は乗れる乗れないが運次第であることを含め、電動式エレベートルとはそういうものだと受け止めていた。

しかし、天秤のようにぐらぐらと吊るされたままの乗車中の停止は恐怖でしかなかっただろう。

開業半年をもって警察からエレベートルの営業停止の命令が下され、必然的に床面積を占めていた多くの部分が無用の空間となり上に登るには階段でしか叶わなくなった。

観光の大きな客寄せを失った凌雲閣は、今、営業的にも窮地に立たされているという。

「それでね、私もこんなものをお願いされまして」

「東京百美人・・・なんでしょうか、これは？」

お妻から受け取った案内書によると、凌雲閣がエレベートルに代わる目玉企画して行う催し「東京百美人」は、東京の花柳界から百人の美人芸妓を選び館内に各人の写真を展示。

それを見て来観客に人気投票をしてもらい一等の美人を決めようという、後のミスコンテスト、もっと後のアイドルのメンバー総選挙のはしりともいえる企画だった。

その最初の百人の芸妓がどう選抜されたのかは知る由もないが、お妻が選ばれたのはしごく当然で担当の髪結としても誉れ高いことだった。

「これはお座敷の御贔屓客を増やす良い機会ですね」

「票が少なくっても？」

「そのようなことはありません。お妻さんなら洗い髪のままでも十分です」

「またそれを・・・。では、撮影当日の髪結も〝美人〟にお願いしますね」

「美人仕立て、承りました」

二人は鏡で目を合わせて微笑む。

「あ、ほら」

いつの間にか空は晴れ、遠くに凌雲閣の姿が見えた。

起動四万八千二百七日前　　嘉納治五郎

「ややあ、おすずさん！　待っていましたぞ！」

東京・台東区東上野の永昌寺境内にある講道館の道場。

久しぶりに柔道の稽古に出向いたおすずを大声で迎えたのは嘉納治五郎師範だった。

柔道の試合において全ての選手が道場の正面に向かって礼をするのは〝柔道の父〟ともいわれる創始者、嘉納師範への敬意が込められている。

柔道のみならず日本の体育全般の発展活動に懸命な嘉納師範は日頃は稽古に来てもお会いすること滅多にないが、この日は背負い投げを路上で決めた後の初対面だった。

「素晴らしいよ、おすずさんは！　これから柔道は護身のためにも大いに役立つことを普及のためにもっと謳い上げていこうと思ってるんだ。どうかね？」

「はい、先生！　私もそれが宜しいかと思います」

「わっはっは、そうかね。よし、今日は私が乱取りの相手を務めよう！」

互いに技を掛け合う乱取りにおいて男子との稽古は貴重な時間だった。

自ら投げたり相手に投げられたりするのが乱取り稽古の理想だが、必然的に普段の女子を相手にする場合はいつも投げるばかり。

自分には技を受けるにあたっての対処、受け身の技術が足りていなかった。

「せいやーー！」

「よっしゃーー！」

「どっこーーい！」

自分がやられた、しくじった場合に、いかに受け身をとり強く冷静でいられるか。

それが私の理想とする柔道、私の目指す生き方でもあった。

「おすずさんは投げられるほど掛け声も大きくなり、組む力が強くなってくる。素晴らしい！　よし、最後は私を一本背負いで投げてみたまえ！」

背負い投げが相手を前に浮かして背中に担いで投げるのに対し、一本背負いは相手の片方の腕を抱えこんで引き付けて投げ飛ばす。

「てぇぇーーーーーい！」

おすずの大きな掛け声が道場全体に響き渡った。

嘉納治五郎は満足気な表情を浮かべたまま華麗に宙を舞い畳に落ちた。

あっ！

どすんという音を聞いた瞬間におすずは大変なことを思い出した。

しまった‼

嘉納師範に礼を言った後、おすずは更衣室にもよらず道場を飛び出す。

今日は先日頼まれていたお妻さんの「東京百美人」の撮影前の髪結があったのだ。

いつものお座敷前とは違う日のために今日のことをすっかり忘れていた。

おすずは着替えはおろか汗も拭わず街を駆け抜けていく。

街中を疾走する柔道技を着た女は人々の目にどんなに物珍しく映っているのだろう。

そんなことは関係なかった。

草履が脱げても構わず裸足のままで突っ走る。

尖った石をぐさりと踏みつけようとも構わない。

痛みを感じる余裕はないが足の裏から血が流れる粘り気のようなものは感じる。

道に血の足跡を残しながら街を走る女は人々からどんなに奇怪に見られているのだろう。

そんなことは関係なかった。

だが、走りながら気づいた。

髪結の道具を何も持っていない。

この際やむをえまい。

作りは悪かろうが櫛の一本ぐらいは部屋に転がっているはずだ。

私ならそれで何とか出来る。

まず私が行くことが大事なのだ。

二度三度と転び肘と膝からも血が流れている。
なんて間抜けなのだろう。
この汗だくで血まみれな柔道技姿の女髪結の姿を笑ってもらおう。
いや、もう出かけているかもしれない。
今、約束の三時をどれほど過ぎているのだろう。
どこかで鐘は鳴ったのだろうか。
もし出かけるならこの道を通るにはずだが・・・
あっ‼
人力車が向こうからやってくる。
間違いない。
お妻さんが乗っている。
おすずは立ち止まり嘉納師範にした礼より深く頭を下げる。
「お妻さん！　大変申し訳ございませんでしたっ‼」
お妻はこちらに目をくれず、人力車はそのままおすずの脇を走り去っていく。
私の姿に気づかなかったのか。
それとも、気づいたうえで止まらなかったのか。

私の声が聞こえなかったのか。

それとも、聞こえたうえで素通りしていったのか。

あっ。

おすずは人力車を追いかけながら、横切る荷車に足を引っ掛けて一回転した。

柔道の受け身は全くとれなかった。

そのまま天を仰いだ。

汗だくで血まみれの柔道技で裸足の女が道の真ん中で大の字に倒れている。

街の人々からどれだけ邪魔で異様に映っていることだろう。

そんなことは関係なかった。

起動四万七千九百八十五日前　洗い髪

浅草・凌雲閣のエレベートル営業停止の起死回生を狙った客寄せ企画「東京百美人」。

眺望テラスまで楽しみながら階段を上がってもらおうと、四階から七階にかけて展示された総勢百人の東京の美人芸妓の写真は話題を集め様々な新聞・雑誌が大きく取り上げた。

撮影したのはアメリカで最新の撮影技術を習得し京橋に写真館を構えていた、凌雲閣の設計者であるバルトンとも仕事で縁があった写真師・小川一眞。

テレビやラジオのない印刷物が支配する時代に、写真そのものだけでなく〝写真製版〟という印刷技術も日本で広め自ら出版も手掛け、後に〝明治のメディア王〟とも呼ばれることになる小川は〝平成になって発行される千円札の肖像に用いられる夏目漱石の写真も手掛けている。

「東京百美人」はそんな小川が百人全ての芸妓をフィルムに収めたことでも話題になった。

背景の違いによる差が生まれないよう写真に統一感を出すために、通常の写場の営業を休み撮影用の日本間で、一人ずつ手には凌雲閣と書かれた団扇を持たせポーズをとる徹底ぶりだった。

一八九一年（明治二十四年）の七～九月に六十日間展示され、投票総数は約四万八千票。

開催中は票数が花代にも影響を及ぼすと芸妓当人たちにとっては戦々恐々で展示写真の取り外しを求める抗議も相次ぐ一方で、より高い順位を目指し遊客を巻き込んでの組織票運動も行われるなど賛否含めて話題を振り撒き急ごしらえの催しながら大盛況で幕を閉じた。

結果、一等は玉川屋のお菊で二千百六十二票、二等は相模屋の桃太郎で二千百三十票、三等は中村屋の小豊で二千五十七票、四等は津の國屋の吾妻で二千五十四票と上位四等は新橋勢が独占。五等に柳橋から河内屋の小鶴が食い込み二千三十票を獲得した。

おすずは結果を伝える雑誌を見てお妻さんが上位に居ないことにほっとする自分が憎かった。

いくらお妻さんが愛くるしい面立ちでも自分の結った髪でなければ票は集まらないか・・・。

高を括っていたおすずだが、高順位外の芸妓を紹介する注目欄を見て仰天した。

新橋・桝田屋のお妻。

しかもその写真は、おすずには見慣れていながらも客前に姿を晒すことのなかったザンバラ頭。

さらに、そこにはなんと「洗い髪のお妻」の見出しが付けられていた。

冗談では何度も言ってきたが、他の芸妓たちが時間のかけた島田で写真に収まるなか、お妻は本当に髪結を必要としない洗い髪のままで撮影に望みそのままの姿の写真を展示していた。

それが他の九十九人の芸妓から良い意味で浮いた〝個性〟として受け入れられたのだ。

あの日以来、当然、桝田屋から髪結の依頼の声はかからない。

仕事の約束を無下にした謝罪の文は送ったが返事も無く会えてもいない。

幼い頃から働いてきたおすずはそれを当然の仕事の厳しさと承知している。

同い年の親しみを込めた対応に私は完全に甘えていた。

きっと凌雲閣への展示写真の見物にも他の誰かと行ったのだろう。

代わりの髪結など東京には幾らでもいる。

私がしてきた役目は、もう私である必要がない。

しかし、写真師の小川は髪を結っていない彼女に何か問うことはなかったのだろうか。

芸妓人生を左右しかねない「洗い髪のお妻」の写真は私への当てつけの気がしてならなかった。

起動四万七千九百二十三日前　吉原

吉原大門を抜け仲の町大通りを通ると漂ってくる媚薬香の匂いにも少し慣れてきた。

髪結仕事にも本腰を入れ直さなければと、独り立ちして以来離れていた師匠のつてを頼り、吉原の遊郭にびんだらいを持って通うことがおすずの新しい日常になっている。

あの頃を思い出させる凌雲閣がすぐ側で見下ろしていることを除いて不満は無かった。

自室を持つことが許された花魁は各々の部屋で指名されたベテランの髪結から時間をかけて結われているが、吉原が新米のおすずの担当は大部屋で鏡台を共有する一般の遊女たちだ。

「おすずさんは凌雲閣には登りんしたか？」

「はい。今はエレベートルが動かないから良い運動になりますよ」

「おすずさん、今度わっちにも柔道教えてくださいな」

「はい、ぜひ。覚悟して待っていてくださいね」

大勢を相手に髪を結う手もしゃべる口も慌ただしい日々によって、おすずは新橋で働いていた頃の苦い思い出もすぐに忘れられると思っていた。

しかし、〝彼女〟は決して私の側から離れていくことはなかった。

「おすずさん、わっちの髪はこのままでいいです」

「え、洗ったままの髪で？」

「これでありんす」

櫛を持って構えていたおすずの前に広告頁を開いた民間雑誌が差し出される。

お妻さん⁉

なんと彼女は「洗い髪のお妻」として洗髪料の広告モデルになっていたのである。

さらに洗髪料の広告を飾るだけでなく商品のパッケージにも写真が掲載。

実は日本初ともいえるミスコンテスト「東京百美人」によって最も有名になったのは、一等や二等の高順位の芸妓を差し置き、洗い髪のまま写真に撮られたお妻といっても過言はなかった。

以降、花街での人気は一気に高まり初代総理大臣の伊藤博文ほか政財界の贔屓客も増え、要望に応えて洗い髪のまま座敷に出ることも度々あった。

ほかにも演劇や活動写真のスタアにも肩を並べ彼女の絵葉書までが発売された。

後の世ではごく一般的ともいえるザンバラ髪は、かつての遊女が問題を起こしたときに晒し者となって外を歩かされる姿そのもの。

その遊女が「洗い髪のお妻」を真似したいと言い出すほどの流行になってしまったのである。

もちろん、以前に私がお妻さんの髪を結っていたことは誰にも言っていない。

言えばどうなるかは火を見るよりも明らかだ。

あのお妻さんを知ってるの⁉

ずっと髪を結ってたの⁉

そんなちやほやを受けるのは一瞬のことだろう。

あんたが髪を結うのを辞めたから今のお妻さんがありんすね。

そう思われるに決まっているし、事実、そのようになっている。

逃げても逃げても、いつまでも、お妻さんの影が付いてくる。

「お前さんでありんすか、新橋から来た新しい髪結は？」

花魁の喜ノ江が大部屋に入ってくると騒がしかった遊女たちが揃って姿勢を正す。

「あ、ご挨拶が遅くなりました。すずと申します」

「評判がよろしくて。・・・煙草を？」

片手に煙草を挟んでいた花魁は私にも箱を差し出し煙草を薦める。

普段は吸わないし廻り髪結の礼儀作法として間違っているのは承知ながら、おすずは心を取り乱していたはずみでつい箱から一本を引き抜いて火をもらってしまう。

その時、ゴールデンバットの箱の中から何かがはらりと落ちた。

おすずはそれが床に向かって宙を泳ぐ途中にしっかりと確認出来た。

なんとシガレットカードにも「洗い髪のお妻」の顔が載っていたのである。

「ごほっ、ごほっ・・・すんません・・・」

おすずが咳き込み涙を流したのは慣れない煙草のせいだけではなかった。

起動四万七千九百十八日前　戦塔

「浅草の凌雲閣にかけのぼり息がきれしに飛び下りかねき」

凌雲閣の階段を駆け上った歌人の石川啄木はそんな歌を後世に残している。

実は浅草のシンボルである高塔は皮肉ながら飛び降り自殺の名所でもあった。

実家と揉め折り合いがつかなくなった女、好いた芸妓と夫婦になれなかった男・・・、自死を望んだ幾人かが凌雲閣の階段を上まで登り眺望テラスから身を投げている。

新聞には風刺イラストとして足元にトランポリンが敷かれた塔の姿が描かれた。

そして今、おすずが次の一人になろうと塔の階段を上がっていた。

一生懸命に、悩み、苦しみ、考えたうえでの決断だった。

もう私は、これ以上、受け身がとれない。

「・・・はあ・・・はあ・・・」

さすがに眠れず食べ物が喉を通らない日が続くと疲れが早い。

そうだ、あの時、息を切らしていたのはお妻さんの方だった。

振り返ると甘えたような顔で見つめているから途中から私が手を引いたんだ。

お妻さんのあの時の愛くるしい顔が、頭の中で洗い髪の広告の顔に変わっていく。
そして自分の髪に櫛を通す気力も失った私が、今日は洗い髪のまま階段を登っている。
あ。
遺書を書くのを忘れた。・・・まあいらないか。
家族も友達もいないのに誰に何を書き残す必要があろうか。
結局、新橋から逃げ出したところで何も変わらなかった。
お妻さんがいる東京に、一緒の世界にいる限りはもう逃げられないことが分かった。
あの甘い髪の匂いが鼻腔の奥にこびり付き、思い出しては気が狂いそうになる。
ああ、よかった、もうすぐだ。
もうすぐ私はこの苦しさから解き放たれるんだ。
風は強く吹いていた。
眺望テラスに幸い人の姿はなかった。
それとなく吉原の一帯を見下ろし、新橋の方向に目をやる。
曇っていて遠くまで見えないのは幸いだった。
早くしないと。
他の誰かが上がってくる前に。

おすずは身を乗り出そうと手すりに手をかけた。

その時だった。

「その命、私に預けていただけませんか」

その人はそう言いながらテラスに姿に現した。

「・・・は?」

どこの国のものか分からない服をまといレンズが真っ黒な眼鏡をかけている。

年齢も性別も分からない浮世離れした風貌の人物がおすずの方にまっすぐ顔を向けていた。

「ここで命を捨てるつもりなら私に頂戴できませんか」

「・・・え?」

「あなたが聞きたいこともあると思いますし、私が聞いてもらいたいこともあります」

「はあ」

「では、浅草公園に参りましょう」

凌雲閣の塔から降りてすぐの場所にある浅草公園。

瓢箪池の噴水が見える場所でしばらく待たされ、その人が後からやって来た。

「人形焼というお饅頭です。どうぞ」

なぜ知っているのだろう。

それは私が最近初めて買って食べ美味しいと思ったお菓子だった。

かすてらに餡を入れただけの優しい味わいをおすずは気に入っていた。

七福神や文楽などの人形が形どられているが、人形町が発祥らしいことも聞く。

食べながら名前の由来はどちらなのだろうと考え、少し冷静さを取り戻した。

「甘いものは心を落ち着けます」

「ありがとうございます。それで私に何用でしょうか」

「申し上げた通りです。死ぬつもりでしたら私に命をお預けください」

「あなたは・・・？」

「ヒイラギと申します。あなたに死ぬ覚悟で取り組んでいただきたい任務があります」

たかがお饅頭だが、いただいた以上はしばらく話に付き合ってみる。

「伺いましょう」

「今、私たちが登っていたのは何ですか？」

「何って・・・凌雲閣っていう塔ですよね」

「正しくは、戦う塔、つまり〝戦塔〟です」

「戦う？　・・・あの塔がですか？」

「はい、それをあなたに操っていただきたいのです」

「・・・・・・」

「歩きましょう」

公園内を歩きながらヒイラギの話に付き合う。

「〝地球は人類のゆりかごである。しかし人類はゆりかごにいつまでも留まっていないだろう。〟ロシアの物理学者、コンスタンチン・ツィオルコフスキーの言葉です。彼は人類が地球の外に飛び出し、宇宙に植民地をつくる未来を見据えています」

「それが・・・」

「この世界の植民地戦争の歴史は承知の通りです。彼の説く未来が現実になれば地球が宇宙から攻撃されることは免れないでしょう。その宇宙からの脅威に備えて建てられたのがこの戦塔です」

立ち止まったヒイラギは右手を高く凌雲閣に掲げる。

おすずも改めてまじまじと塔に見入る。

「その脅威とは何なのか。少なくとも帝国陸軍が太刀打ちできる小規模な相手とは思っていません。しかし、得体の知れないものに製造予算は得られないのが現実です。そのために眺望塔の建設という名目で建てられました。この凌雲閣は形を変えて戦うことが出来るのです」

さすがに常軌を逸した話にこれ以上苛立ちは隠せなかった
「そろそろ失礼します」

「あ、もう一つ、人形焼を」

「奇天烈なお話、楽しませていただきました」

おすずは嫌味の礼を言って早足でその場を去る。

「決してその命は無駄にされぬようお願いします！」

起動四万七千八百六十二日前　花魁

「ご挨拶にこの櫛をもらっておくんなまし」

吉原で喜ノ江花魁からの指名を受け初めての髪結のために部屋に入ると、一目で高級品と分かる透明感のある白鼈甲に鈴蘭の透かし彫りが施された結い櫛が贈られた。

「なんて綺麗な・・・、こんなお高いもの、私にはもったいのうございます」

「今まで他の者の髪を通した櫛をあちきに使うことは許しません」

喜ノ江はこちらに目を向けず前の鏡を見たまま言った。

花魁としての格の違いを私に植え付けたかったこともあるのだろう。

本来ならば新しい櫛はしばらく自分の手になじませてから練習を経て仕事で使いたいところだが花魁の要望ならやむを得ない。

だがすぐに、これまでとは違う意識で結ってほしいという身体的な理由も分かった。

「・・・！」

おすずは上から喜ノ江の頭頂部を見て思わず息を飲んだ。

「あちきに〝洗い髪〟は無理でありんす」

喜ノ江の頭頂部には雷おこし一つ分ほどの大きさの傷による禿げた部分があった。

以前会ったとき、喜ノ江が髷に飾る鹿の子がずれていないか何度も確かめるように手で触っていたのが気になっていたがその理由が分かった。

「凌雲閣でありんす。建設中の工事が終わった夜中、酔客と中に入って戯えていましたら、突然、塔が動き出して、そのはずみで倒れて鉄柵で頭を・・・」

「それはとんだ災難を・・・」

もちろん、反応したのは他にも理由がある。

忘れようとしていたヒイラギの戯言がよみがえってきた。

「あの、塔が動いたっていうのは、どういう・・・？」

「あちきも最初は酔いが回っての絵空事を見ているのかと。でも確かに外から見たらヒトのような形をして・・・。本当に奇っ怪な塔でありんす」

「・・・・・」

「手が止まっています」

「あ、申し訳ございません！」

凌雲閣は本当に動くのだ。本当に形を変えるのだ。

私はヒイラギともう一度会わなければ。

起動四万七千八百三十九日前　変形

「人形焼はいかがですか？」

二か月経った頃、吉原で早めに仕事を終えた帰りにヒイラギから声をかけられた。

「あなたが聞きたいこともあると思いますし、私が聞いてもらいたいこともあります」

「はい」

「では、花屋敷に参りましょう」

後に日本最古の遊園地となる「浅草花やしき」は、明治時代は造園師によって開園された植物園「花屋敷」で、わずかながら遊戯施設も置かれていたが牡丹や菊細工などの展示物が中心だった。

おすずは早速、喜ノ江花魁の〝塔が動いてヒトの形になった〟話について追求した。

「それは気の毒なことをしました。はい、確かに夜中に行っていました。ただそれは変形の動作確認に過ぎません。あなたが操って初めて戦塔となるのです」

「それが分からないのです。凌雲閣がヒト型に変形して戦うとして、なぜ、それを操るのが私でなくてはならないのでしょうか？」

「人知れず大きな苦しみを抱えそれを拭い去ることが出来ずにこの世との決別を図ろうとしていた。おすずさんのことはそれなりに調べさせてもらっています」

「だから塔の上から身を投げようとする人を待っていたんですね」

「命を捨てようとする人を誰でもというわけではありません。おすずさんには抱え持つ苦しみが凌雲閣とともにあることが大きな要素でした」

おすずの頭に、お妻さんと登ったこと、東京百美人の「洗い髪のお妻」の姿がよみがえる。

「そして、何かしら戦うための武術を身に付けていることも必須条件でした。おすずさんは卓越した柔道の技能を身に付けていらっしゃいます」

「私はヒト型に形を変える凌雲閣で、柔道で戦うのですか？」

「はい。それで浅草を、東京を、日本を守れるのはおすずさん以外に存在しません」

完全にヒイラギの奇天烈話を信用したわけではない。

しかし、これだけ強く人に頼られるのは花魁からの指名と同等に誇らしくもある。

花屋敷を一回りし凌雲閣の下へ辿り着くと、ヒイラギはおすずに「戦塔者」と記された木製の札を渡し、塔の足元に埋め込まれた「定礎」を示す。

「いつ何時もこの札を身に付けていてください。そして私から伝命を受けたらこの定礎を押し込んでください。それによって戦塔への変形が行われます」

明治時代から日本の建築物の足元に埋め込まれるようになった定礎。

本来は建物の安泰を祈っての石だが、実は戦塔への起動の役目も担っていることは秘密だった。

「戦塔は歩くことも走ることも思いのままですが、傷付けば戦塔者のあなたも痛みをともないます。命も保証できません」

「・・・・・・」

「あなたの命を預かりますと申し上げたとおりです」

「その〝宇宙からの脅威〟というのはいつ来るのでしょうか？」

「分かりません。明日かもしれないし、一週間後かもしれないし、一か月後、一年後かもしれないし、十年、三十年、五十年後かもしれません。私からの伝令があるまでは普通に生活を送っていただいて結構です」

「そんな大切な役割を抱えたままずっと過ごすなんて・・・」

まだ「ロボット」という言葉も存在しない日本で、おすずは初めての戦塔者に任命された。

重圧に苦しんでいる様子のおすずにヒイラギはまた一つ差し出した。

「人形焼、食べますか？」

起動四万七千百十六日前　人形焼

「勝った勝ったと喜んでいるとバチが当たりそうで怖いでありんす」

一八九四年（明治二十七年）十二月、上野公園で開かれている日清戦争の勝利を祝う集会「東京市祝捷大会」の様子を上から見ようと、おすずは喜ノ江花魁と凌雲閣に登った。

公園入り口には平壌の玄武門のハリボテが建ち、不忍池を黄海に見たて清国の模造艦を浮かべて焼き討ち撃沈させるなどの催しに寒風吹くなか大勢の市民が押し寄せている。

自殺の名所の汚名返上のため、身投げが出来ないよう張られた眺望テラスの金網がやや視界を遮っていたが、現地が興奮のるつぼと化している熱気は十分に伝わってきた。

だが、塔の中にも戦争画や戦地ジオラマが展示されるなどのあまりの加熱ぶりに、喜ノ江花魁はほどほどあきれ、終いには嫌悪感のようなものを感じていた。

おすずが凌雲閣に登ったのは約三年ぶりだった。

懐に入れている戦塔者の札を着物の上から掴むのはすっかり癖になっていた。

客に話を合わせるためにと仕事に熱心な喜ノ江からの誘いだったが、おすずとしても三年間全くヒイラギから音沙汰がないことに苛立ちせめて塔の現在を見ておきたかった。

一階まで降り入り口を出たところでおすずはふと定礎に目をやる。

「この国が浮かれた罰を受けぬよう浅草寺でお参りしていきましょう」

「はい」

花魁の風格を持って気勢を張りながらも実は臆病で心は決して強くない。

喜ノ江のそんな完全ではない人間らしさに好感を持っていた。

「そうそう、ロケットって聞いたことありんすか？」

「ロケット？」

知ってはいたが花魁からその言葉が発せられたことに驚いた。

「それに乗ればあの空のもっと上の宇宙に行けると昨夜のお客に聞いたでありんす。そして、いつか地球はその宇宙と争うことになると・・・」

まさかヒイラギが？　いや、そんなはずはないだろう。

「おかしな客でした。部屋でも服を脱がず、ずっと黒い眼鏡を外さんで」

間違いない。吉原に来たんだ。

ヒイラギなら私がどこの遊郭で誰の髪を結っているかも知っているはずだ。

喜ノ江の頭を怪我させてしまったことに対しての詫びでもありながら、花魁を通じて戦塔者としての任務が今も続いていることを私に知らせに来たのだ。

「でも、勝山が美しいと褒められした。それを結った髪結にぜひこれをと」

おすずは喜ノ江から人形焼を受け取った。

その手がやや痩せこけ肌が青白くなっていたのが気になった。

起動四万七千五十八日前　浄閑寺

「おすずさんですね、はじめましてでありんす」

花魁の部屋に喜ノ江の姿が見えなかったので久しぶりに大部屋をのぞくと、まだ五～六歳と思われる身売りされてきたばかりらしい幼女に慣れない廓言葉で挨拶された。

きっとこの子も吉原に行けば綺麗な着物着られる、白いおまんまが食べられると親に言われ、わずかなお金と引き換えに無邪気に送られてきたのだろう。

これから一体、彼女は今後どうやってこの仕事を理解して受け入れていくのだろう。

「喜ノ江は浄閑寺に葬られたでありんす」

「亡くなったんですか、喜ノ江花魁が！」

突然、別の若い遊女に伝えられ、おすずは大声を上げてしまった。

「梅毒の検査からずっと逃げていたでありんす」

確かに肌の具合などから多少の変化は感じていたがあまりに突然だった。

「汚らわしい。喜ノ江の鹿の子が部屋に残っていたでありんす」

代わって新たに花魁になった遊女が大部屋に来てごみでも扱うようにほうり投げた。

「おすずさん、死んだあれのことはもう花魁と呼んではなりませぬ」

生きては苦界、死しては浄閑寺。

遊女の世界にはそんな厳しさと苦しさ、儚なさと哀しさを伝える言葉がある。

客を集めどんなに大きな名声を得られても病気になった花魁の末路は決まっていた。

漢方薬で痛みを和らげることは出来ても梅毒の完治は難しく、喜ノ江に至ってはそれを自身で感知していながら検査を避けていたため手の施しようがなかったのだろう。

病が見つかってすぐに亡くなり、他の遊女と同じように三ノ輪の浄閑寺へ投げ込まれたという。

梅毒の遊女を働かせていたことが知られると遊郭の存続にも関わり、続けられたとしても客の間で噂が広がり同じ見世にいた遊女にも声がかかりにくくなる。

しかし当時は、妊娠しにくい体になるとして、病が進んだ痩せた青白い肌になって〝一人前になった〟〝格が上がった〟と自身を誇る向きも無くはなかったという。

喜ノ江も知らぬ間に花魁の格を履き違えてしまったのだろう。

おすずは手に持っていた鈴蘭の透かし彫りの入った櫛を見つめながら思った。

私の名前に合わせた櫛をくれた気遣いへのお礼をもっと丁寧に言うべきだった。

今すぐ、あの、ぺたぺたと足音を立てて無邪気に部屋を駆け回る幼女の手をとってここから一緒に逃げ出したい気持ちになった。

仕事を続ける以上は自分がそちらの立場に回る可能性があるにもかかわらず、先の新しい花魁はさらに死人に対してのきつい鞭を打った。

「あ、喜ノ江の鹿の子じゃなくて〝禿げ隠し〟でありんした」

大部屋の遊女たちが一斉に笑った。

もうこんなところにはいられない。

起動四万六千七十二日前　柔道

「やっぱり柔道で鍛えた腕は結の張りも違うものですね」

「髪を強く引っ張り過ぎてしまったらごめんあそばせ」

吉原を離れたおすずは講道館の関係者夫人や子女などを客に細々と廻り髪結を行っていた。

この日の客は高等師範学校長夫人で西洋の椅子に座ってのお相手の髪結は勝手が違い、着物のたすき掛けを結び直して気を入れいつもの調子を取り戻すのにやや時間を要した。

おすずは戦塔の準備のため、柔道の稽古にはこれまでより多く時間を費やしていた。

しかし、確実に力を付けていくにともないおすずの不満は募っていた。

後に富田常雄によって書かれた小説が話題になり黒澤明に映画化された『姿三四郎』のモデルになった西郷四郎など、警視庁の武術大会などで講道館の男子は試合で活躍の機会が得られていた。

しかし、女子はどんなに稽古を積んでも出場出来る大会がなかった。

嘉納治五郎師範も柔道は女性の護身に役立つことは納得してくれたようだが、世間は〝女性の戦い〟を催し物にすることにはまだ理解が得られていなかった。

清く正しい女性の戦いを公では認めない男達が、吉原では女性を金で喰い物にしている。

明治日本の一体何が〝文明開化〟なのだろうか。

「あ痛」

「ごめんあそばせ」

おすず怒りでやや櫛に力が入り過ぎてしまった。

起動四万五百五十七日前　五輪

一九一二年（明治四十五年）五月、嘉納治五郎師範が国際オリンピック委員に就任し、自らが団長を務め日本がアジアの国で初めて参加するストックホルムオリンピックが開催された。

「ＪＡＰＡＮ」ではなく、嘉納師範のこだわりによる「ＮＩＰＰＯＮ」の国名を胸に二名の陸上選手が出場した。

開会式でプラカードを持った短距離の三島弥彦は四百メートル準決勝で棄権。

国旗を持って入場したもう一人の選手、マラソンの金栗四三においては歴史上極めて珍しいアクシデントが起こった。

レース途中の二十六.七キロメートル地点で金栗は日射病により倒れて意識を失い、近くの農家で介抱され目覚めたのは翌日の朝だった。

レースを諦め帰国するが、オリンピック委員会では、その事態が「競技中に失踪し行方不明」のままでルール上では以後もずっと走り続けている状態として扱われていた。

それを受け、金栗は一九六七年（昭和四十二年）、ストックホルムオリンピック開催五十五周年を記念する式典に招待され、競技場のゴールテープを切り、オリンピック史上最も遅い完走タイム、五十四年八か月六日五時間三十二分二十秒三の記録を歴史に残している。

「柔道は体だけではなく心を鍛えるのにも最適なスポーツである」

このストックホルムオリンピック開催時に、嘉納師範は国際オリンピック委員会発足のきっかけを作ったフランスのクーベルタン男爵に対してそのように、まだ競技には無い柔道の素晴らしさを説いたという。

その話を帰国後の嘉納師範から聞いた時には手を握って感謝をしたが、オリンピックで柔道が正式種目となるのはそれから実に半世紀もの時間を要した。

一九六四年（昭和三十九年）、その東京オリンピック開催時に嘉納師範はこの世にいなかった。

しかも、それは男子柔道のみの話だった。

女子柔道が正式種目となるのははさらに三十年後の一九九二年（平成四年）のバルセロナオリンピックまで待たなければならなかった。

起動四万四百九十八日前　私娼窟

一月に中華民国が建国され、四月にイギリスの豪華客船タイタニック号が沈没し、五月からスゥエーデンでストックホルムオリンピックが開催された、一九一二年（明治四十五年）。

七月三十日、明治天皇が崩御され、新しい元号が「大正」と発表された。

一週間後、おすずが柔道の稽古を終えると届けものとして人形焼が渡された。

ヒイラギは今もまだ戦塔が待機中であることを伝えている。

餡の味で思い出し、浅草に久々に来てみると路面電車が通っていた。

火事で消失して雷門は無いのに駅名が「雷門」であることには笑ってしまった。

吉原大門から覗き込んだ仲の町大通りから匂い立つ遊女の化粧の香りはそのままだが、より驚かせたのは凌雲閣の下一帯の景色が変わり銘酒屋が増えていたことだった。

飲み屋を装いながら私娼を抱えて売春を斡旋する店の数々。

いわば〝私娼窟〟と化し「十二階下」が娼婦の隠語になっている現実にあきれ悲しくなった。

彼らにこの凌雲閣がどんな大きな役割を担っているか教えてやりたいものだ。

おすずは足元の定礎が酔っ払いにおしっこをかけられないかと心配しながら思っていた。

起動三万六千二百五十四日前　見世物

「いかがでしたか、初めての乗り心地は？」

時代が大正を迎えてから、後に第一次世界大戦と呼ばれる世界大戦があったり、ロシア革命があったり、ワシントン会議が開催されたり、スペインかぜが流行ったり、ソビエト連邦が成立したりたりして世界はめまぐるしく動いてきた。

そんななか、おすずにとっての大きな出来事は、開業間もなく営業停止となっていた浅草・凌雲閣の電動式エレベートルが「エレベーター」の呼び名に変わって営業の復活を遂げたことだった。

日本一の眺望とともに日本初の電動エレベートルが客寄せとなり、開業日の十一月十日が「エレベーターの日」に制定されながらも約四半世紀もの間ずっと動くことのなかった無用の長物。

数年ごとに通知はあったものの約二十年ぶりに再会するヒイラギとは、そのエレベーターに初めて乗って向かう、凌雲閣十二階の眺望テラスで待ち合わせていた。

不快と不安をもたらす大きなモーター音やベルトの音、そして木が軋む音。

八階までのんびりと約二分間かけ、そこから眺望テラスに行くためには結局息を切らせて階段を登らなければいけない。

「揺れるし、遅いし、音もうるさい。こんなものかと思いました」

「皆さん、そんな不満をおっしゃっています」

相変わらずどこの国のものか分からない服をまとい、レンズが真っ黒な眼鏡をかけている。

浮世離れしたヒイラギの姿形は二十年前の記憶のままだった。

「いよいよなんですね」

おすずには余計な前置きがじれったかった。

「はい、おすずさんにはこちらの塔、凌雲閣を変形していただきます」

「私はその変形した凌雲閣で戦うんですね」

「いいえ」

「・・・どういうことでしょうか?」

「幸い宇宙からの脅威の予兆はまだ見られません。代わって戦塔にとっては大きな危機が訪れています」

「それは・・・?」

「この塔の存続です」

「御覧ください。街の景色もずいぶん変わったと思いませんか。初めてお会いした時はどこを向いても平屋ばかりでしたが東京にもあちこち高い建物が建てられました。花月園、多摩川園、三笠園・・・新しい観光施設も様々です」

「たしかに」

「対してこの周辺はどうでしょう。以前からの遊郭に加え、下は私娼窟と呼ばれるいかがわしさ。拒否する理由はあっても人々がこの塔を訪れる理由は今はありません」

「ずいぶんな言いよう・・・」

「入られる前に御覧になりましたよね。塔にかかった〝福助足袋〟の大きな看板を」

「はい」

「経営難の凌雲閣が足元をすくわれるのにぴったりの広告だと思いませんか」

「・・・・・・」

「エレベーターの再開が遅過ぎました。まぁ再開したところで、というのが本音ですが」

「あの、それでは私に・・・」

「凌雲閣を戦塔として建設した以上、この塔を失ってはなりません。そのためにおすずさんには〝見世物〟になっていただきたいのです」

「見世物・・・とは?」

「ヒト型に変形して動くという凌雲閣の新しい見世物です。それでお客を集めるのです」

「あの、戦いは・・・？」

「戦うことは望んでいません。歩いたり走ったりの移動もなりません。変形させてその場でくるくると回りながら腕や首を動かすだけで十分です」

「私が、見世物に・・・」

「もちろん仕事になりますので報酬はお支払いします。最初は新聞でも知らせず動作確認をさせてください。それでも昼間に行えば、見た人の噂が広まり十分な宣伝になります」

「・・・・・・」

「決行日は一か月後、九月一日の正午とします」

起動三万六千二百四十一日前　友達

「お妻さん！」

本屋でその大衆誌を開いたときの驚きは声になって出てしまっていたと思う。

そこにはお妻さんが心臓麻痺で亡くなっていたことを伝える記事が載っていた。

同い年だから享年四十三だ。早すぎる。

あの日から四半世紀、結局二度と会うことはなかった。

大事な仕事を忘れてしまう大失態の不義理から遠い存在になってしまったが、これで本当に手の届かないところに行ってしまった。

記事には晩年に世帯を持ち築地で自分の待合「寒菊」を始めた頃に本人から語られた「洗い髪のお妻」と呼ばれるきっかけを振り返った談話が載っていた。

「十七の頃、凌雲閣で行われた『東京百美人』に私も新橋から芸妓の一人として出ることになりまして、いつも髪結をお願いしているおすずさんに写真撮影の日もお願いしていたんです。それで私が日を間違えて伝えていたのか、おすずさんが間に合いませんでしたので洗い髪のまま撮ってもらったんです。でも、決して洗い髪は〝やむなく〟とは違います。お友達でもあったおすずさんは本当に腕の立つ髪結なんですがよく私に言ってくれていたんです。〝お妻さんなら髪なんか結わなくても洗い髪のままでも十分〟と。その度に私はザンバラ髪のままなんてお客様に失礼ですからと答えていたのですが、今日こそがその時では思ってそのまま撮っていただいたんです。本当におすずさんには感謝しかありません。その洗い髪の写真に何やら注目が集まって・・・」

読んでいる最中から私の手は震えてしまっていた。

まだ買っていない本に涙を落としていないかと心配した。

お妻さんは〝腕の立つ髪結〟である私に薦められて洗い髪にしたことを明かしている。

しかも、離れてもどこかで仕事を続けている私のことを考え〝日を間違えて伝えていたのか〟と失敗を自分のせいにしている。間違いなく私が忘れてしまっていたことなのに。

そして、この私のことを〝お友達〟と言ってくれ感謝を伝えている。

お友達・・・。

お妻さんにとって私は友達だったんだ。

それなのに私は失態の謝罪を文で済まして会いに行くこともせず、芸妓として座敷から引っ張りだこの彼女が働く新橋から逃げるように離れてしまった。

一体、この二十六年間、私は何をしていたのだろう。

私には私のことをずっと想ってくれていた大切な友達がいたのに・・・。

決行は二週間後、九月一日の正午。

先日、ヒイラギからの一方的な指令に対しうなずくことはしなかったが、これで私は凌雲閣で見世物になる覚悟を決めた。

ただ、〝戦うことは望んでいません。歩いたり走ったりの移動もなりません〟という言いつけは破らせてもらう。

私は決めた。

私は怒れる鬼となる。

戦塔となって暴れ回り、この浅草の街をぶっ壊すことを決めた。

起動三万六千二百二十五日前　関東大震災

一九二三年（大正十二年）九月一日。

戦塔の起動日。

凌雲閣にとっての運命の日は明け方から異様な天気だった。

朝から夕立のような激しい雨が降ったかと思うと十時頃には太陽が激しく照り始めた。

約束の正午を前に凌雲閣の眺望テラスに登ったおすずは、胸元から取り出した戦塔者の札を握り締め浅草の街を眺めていた。

いや、〝睨んでいた〟という方が適切かもしれない。

五十二メートルという高さはぎりぎり下を歩く人々の顔が見える高さだ。

お妻さんと初めてここに登った時は行商人が行き交うなか笑顔で手を振る人たちが大勢いた。

今は塔の足元は私娼窟と化し明るいうちから酔っ払った客が娼婦と連れ立っている。

安くないお金を払ってここに登る者もわずかなら、たまに下から見上げる通行人の目的も自殺の名所であるこの塔のテラスから人が落ちてきやしないかの心配によるものだ。

吉原大門を入り口にした女郎街も媚薬香の匂いを思い出すだけで吐き気が止まらない。

新しく売られてきた娘はいないかと格子から遊女を品定めする男たちにも、それに媚びて色目を使う女たちにも辟易する。

梅毒で亡くなりごみのように葬られた花魁があまりに不憫でならない。

そこを紹介してくれた師匠の男髪結は床屋を構えてすぐ凶暴な盗賊の被害に遭った。

無惨な仏となる最期の日まで私にいい人を紹介しようと客にお願いしていたことを後で知った。

そういう決め事は無かったが、私は戦塔者として生きるために、いつ命を落としてもいいように、戦塔者の木札を受け取ったその日から一人で生きることを決めていた。

そして今日、死ぬ覚悟が出来た。

鬼となって死ぬ覚悟が出来た。

私は、戦塔となってこの浅草の街をぶっ壊すのだ。

私の人生を散々弄び苦しめたこの街を、欲望に任せて人の人生を狂わせるこの街を、文化の発信地を謳いまがい物のような見世物を作り続けるこの街をぶっ壊すのだ。

私が誰よりも愛し、誰よりも憎み、ずっと心に想ってきた十二階の塔、凌雲閣。

文明開化の象徴のように祭り建てられ今は日本一大きな邪魔者とされるこの塔でぶっ壊すのだ。

ヒト型になった凌雲閣が足元に広がる街を壊すには柔道の受け身はちょうどいい。

まずは御挨拶代わりに、浅草寺を前受身で倒れるようにぶっつぶす。

そして起き上がった勢いを利用し浅草公園を後受身で尻餅を着くようにぺしゃんこに。

見世物小屋が並ぶ浅草六区は横受身で十分だろう。

左右の手でばちんばちんとぶっつぶしてやる。
吉原の一帯は豪勢に前回り受身でいこう。
ばたんばたんばたんと三回転もすれば全てが真っ平になるだろう。
そして散々暴れ回った私は自らの体を打ち砕き自爆をするのである。
そんな感じでどうでしょう、お妻さん。
待っていてください。
もうすぐ私もそちらに行きます！

約束の正午の時間が迫り、おすずは定礎のある塔の下まで降りようとした。
その時だった。
午前十一時五十八分四十四秒。
突然大地が大きく揺れた。
最初は大きな横揺れに始まり、その直後に縦に激しく揺さぶるような動き。
相模湾を震源地とするマグニチュード七.九の大地震。
関東大震災が起こった。

起動三万六千二百二十二日前　　生存

死者・行方不明者は推定十万五千人。

関東大震災は明治以降最大の被害を出した。

木造住宅の密集する関東を襲った地震に火災は三日間続いた。

発生は昼食の準備のため竈や七輪が多く使われている時間だった。

東京の約六割の家屋が被災し、明治神宮や日比谷公園、多くの寺社や学校が避難地となった。

浅草でも沢山の被害者を出したが生き残った多くの人々は倒壊を免れた浅草寺に向かった。

避難とともに無事のご利益にあやかろうと震災後の参拝者が増えたとも伝えられている。

吉原では八十八名の遊女が死に、うち三十名は火災を避け花園池に飛び込んでの溺死だった。

そして、凌雲閣は真っ二つに折れるように八階から上部が崩れ落ちた。

発生時、眺望テラス付近には十数名の見物者がおり、福助足袋の看板に引っかかって落下せずに助かった一名を除き他全員が崩壊に巻き込まれて即死を遂げた。

その奇跡的に助かった一名がおすずだった。

戦塔への変形は果たせなかった。

起動三万六千二百八日前　　終了

「退院おめでとうございます」

大震災から二週間後、頭と腕に包帯を巻き杖を突いて退院したおすずをヒイラギが鈴蘭の花を持って出迎えた。

「あ、ありがとうございます」

ヒイラギはいつものままの格好で怪我をした様子はなかった。

「凌雲閣の戦塔計画は終了しました」

「え？」

「塔の取り壊しが決まったのです」

地震によって塔の上部が折れたまま建っている凌雲閣。

経営難により復旧は困難とされ、さらなる倒壊による被害が警戒されているという。

再建計画の声も上がらず塔そのものの完全なる破壊が決定した。

「じゃ、私は戦塔者としてこれから・・・」

「宇宙からの脅威は続いています。今後また凌雲閣に代わる新たな戦塔が建てられることもあるでしょう。しかし、その時の戦塔者はもうあなたではない」

「そんな・・・」

「今までありがとうございました」

ヒイラギは取り出した人形焼を自分の口に放り込みその場を去っていった。

起動三万六千二百三日前　爆破

凌雲閣は最後の最期まで見世物としての生き様を全うした。

真っ二つになって変わり果てた姿の凌雲閣は絵葉書にもなり、画家の徳永柳州には油絵の題材として描かれ震災記念堂に残された。

八階の折れた箇所からは鉄条と破片がだらりと下に垂れ危険な状態にあった。

その姿から塔は鉄骨構造であったと誤解されもしたが、それは開業後すぐの別の地震被害から修理された鉄材で、広告の大看板を吊り下げるための部品が混じっていたともいわれる。

関東大震災から二十二日後の九月二十三日。

凌雲閣の爆破の様子を一目見ようと浅草公園には朝から人々が集まり、予定時刻の午後三時が近づくと付近の建物の屋根屋根に人々が登りその瞬間を待っていた。

陸軍赤羽工兵隊が凌雲閣の根元一階と二階屋根の部分に二十八個の穴を開け、二百グラムの爆薬十二個ずつを装填した。

おすずは早朝から出向き、凌雲閣足元の定礎を何度も叩くがびくともしなかった。

「なんで！　なんでなの！　なんで私は戦えないの！」

手の平から血を流し、肉を裂き、骨が砕けるまで叩いても塔は何も応えてはくれなかった。

せめて、せめて、最後は戦塔者として死にたかった。

工兵隊の監視の目をかいくぐり、塔の中に身を隠してその時を待っていた。

赤旗を持って巡回する警備によって付近にいた群衆は追い払われた。

午後三時三十分。

爆破。

轟音が浅草中に響き渡り、一瞬にして凌雲閣は型を失くしこの世界から姿を消した。

塔の中に潜んでいたおすずの身体とともに。

「私は・・・戦う・・・」

浅草の地に成仏できない彼女の魂が残された。

東京タワー編

起動三百七十二日前　黒川紀章

「建物ＬＯＶＥ・カンナの週刊ロケビルドー！　はい、中学生ポッドキャスターのカンナです。街の建物からロケしてお送りするポッドキャスト、今日は東京・銀座にきていまーす！」

学校帰り、制服姿のまま頭に大きなヘッドホンを付け手に大きなボイスレコーダーを持ち大きな声を出して街を歩く、中学三年生のカンナ。

もちろん収録はイヤホンとスマホでも十分なのだが、周囲に今ポッドキャストの録音のために一人で大声を出してますよと派手にアピールしないとさすがに耐えられない。

ましてや今日のロケは銀座なのだ。

人の交通量がハンパない。

ユーチューブなどと違い顔を出さずに配信できると始めたポッドキャストだが、この羞恥心との戦いは始めるまでは気づかなかった。

だが、全国三十五人のリスナーを思えば平気で乗り越えられる。

ポッドキャスト界でも圧倒的なリスナーの少なさは理解しているが、学校で誰とも建物の魅力について話り合えない日常を思えば、約一クラス分もの人たちがあたしの耳を傾けてくれている現実だけで十分に満足していた。

ちなみにタイトルの〝週刊〟は語感の良さから付けたもので配信日時は気まぐれ。週に２回のときもあるし2か月空くこともある。

しかし、それに文句を言う人はいない。なにせリスナーは三十五人なのだ。

「さぁ、着きましたー！　今日のロケビルドは、ジャーン！　銀座八丁目の中銀カプセルタワービルでーす！　みんな知ってるでしょ？　四角い卵の塊みたいなのが百四十個積み重なった3Dの巨大テトリスみたいなやつ。建築界のクロちゃんこと、巨匠・黒川紀章さんの設計によるこの大傑作ビルが老朽化によって解体されることが決まっちゃったんですよねー」

一九七二年（昭和四十七年）、細胞が古いものから新しいものに入れ替わるように、都市の成長や社会の変化に合わせて中のユニットを取り替える、新陳代謝＝メタボリズムの象徴的建築物。

「部屋の中からDJの配信してるアーティストさんなんかもいて住人もやっぱり個性的な人が多かったんだってね。確かに雨漏りとかしていた部屋も結構あったらしいんだけど、あたしも一度住んでみたかったなー。ほんともったいないよねー」

特徴的な円窓が際立つ世界で初めて実用化されたカプセル建築の生き物のような個性的なデザインは信奉者が多く、解体決定のニュースが駆け巡ってから個々のカプセルだけでも残したいと保存・再生プロジェクトは海外のファンを含めて展開されていた。

「あ、向こうですごい格好でビルの写真を撮っている人がいますね。すみませーん、赤いリュックを背負ったお兄さーん、ちょっとインタビューしてもいいですかー？」

派手な色のリュックに気を取られて気づかなかったが、近づくと格好は同じ学校の男子の制服、組替えした三年生になってまだしゃべったことのないクラスメイトに違いなかった。

「え、ミミゾー・・・くん?」

「あ、カンナ・・・さん?」

同級生と街中で会うことはままあるとしても、建物を見ながら大声でしゃべっている女子と建物を仰ぎ見るように寝っ転がって写真を撮っている男子との出会いとなると事情が異なる。

この瞬間、お互いにバレてしまった。

誰にも言っていない建物好きであることがカミングアウトされた。

こうなってしまった以上は色々と早口で話し合わなきゃ落ち着かないのだが、カンナはミミゾーに関してインプットしている部活に関する唯一のプロフィールを忘れていた。

ミミゾーは日本拳法の有段者。数々のタイトルを手にする拳法部のエースだった。

「インタビューはごめん無理。練習あるから。じゃ!」

「あ、うん、ぜんぜん。・・・・・バカヤロー」

カンナはレコーダーの録音を一時停止するのも忘れ、通行人の障害物をジグザグに交わして走り去っていく赤いリュックにそうつぶやきずっと見送っていた。

起動三百七十一日前　ポッドキャスト

カンナ〈スクープ！　男子中学生のある放課後の風景〉
翌日の夜、カンナはクラスメイトの3人を経由してアドレスを入手しミミゾーに写真を添付してLINEを送った。
道路に寝っ転がり必死の形相でスマホを構えカプセルタワーの写真を撮るミミゾーの写真。
ミミゾー〈とーさつ！〉
返事はすぐに来た。確かに盗撮だ。
昨日声をかける前に見かけた、様々な姿勢になり夢中になって写真のアングルを探っている姿は建物好きとして無視できなかったのだ。
カンナ〈インタビューNGしたからプラマイゼロ！〉
断られる前に撮っていたのだから言い分として間違っていることは理解している。
しかし、そんな細かいことを一気に吹っ飛ばす一文が画面に舞い込む。
ミミゾー〈で、ロケビルドの編集は終わった？〉
え、うそ⁉
カンナ〈あたしのポッドキャスト、知ってるの？〉
まさかのリスナー⁉

ミミゾー〈メールも読まれたことあるし〉
決定！　三十五分の一！

起動三百七十日前　　インターナショナルオレンジ

眠い。

給食あとの古文の授業中にいよいよ寝不足が効いてきた。

昨晩、カンナはＬＩＮＥのあと自身のポッドキャストのアーカイブから思い当たる過去回を一通り聞き直したがミミゾーからのメールは分からなかった。

大量のメール整理に忙しい人気番組でもないのになんともお粗末だ。

カンナはそっとスマホを取り出し机の下で操作する。

ポッドキャスターとしてリスナーにそれを問うのは失礼と自省しているが我慢できない。

カンナ〈降参・・・どのメール？〉

カンナは寝るよりはマシでしょと正当化させ先生の目を盗んでＬＩＮＥしてみた。

四列離れた斜め前の席にいるミミゾーは着信バイブに気づいた様子で、ズボンのポケットからスマホを取り出し、開いて立てた教科書を壁にして返事を打っている。

振り向いたミミゾーに〝ゴメンナサイ〟と顔で謝ると返信が届いた。

ミミゾー〈東京タワーの回〉
ミミゾー〈東京タワーの色は赤ではなくインターナショナルオレンジです。ってやつ〉
カンナ「思い出したー」
ミミゾー〈ちなみにコレの色もね〉
ミミゾーはカンナに向けてリュックを掲げてみせる。
両手を合わせて感謝を示すポーズを先生に見られ慌てふためくカンナ。
その姿を見て微笑むミミゾー。
初めて出来た建物好きの友達に笑われたのがカンナには嬉しかった。

起動二百十七日前　内藤多仲

東京都台東区浅草。

首都が京都から江戸へ移る前から栄えてきた歴史ある繁華街。

三丁目の言問通りから千束通りにちょっと入ったところにある、築二百五十年を越える趣ある一軒の日本家屋。

カンナの住むその家にミミゾーが初めて招かれたのは、ポッドキャスターとリスナーの関係から〝建物フレンド〟となって半年後だった。

「東京駅に日本武道館、国会議事堂に東京都庁舎まで・・・。すごいなぁ、日本のランドマークともいえる建物の設計図がこんなに・・・」

蔵の棚に隙間を埋めるようにぎっしりと収まる設計図の入った筒の束。

一緒に暮らすカンナの祖父・クギ爺が実際に工事で使用したもの、関係者を通じて回されてきたものなどが集まるその棚にあるのは〝東京の設計図〟と言っても過言ではなかった。

クギ爺はすでに大工の棟梁を引退しながら〝大棟梁〟として今も現場に出向き、その時間はちょうど家を留守にしていた。

「あたしが大工の仕事に憧れちゃうのも無理ないでしょ。なのにクギ爺からはずっと反対されてんの。ほんと頭きちゃう！」

だったら〝カンナ〟なんて名前付けるなっつーの！　が、孫娘としての本音だ。

内緒で建物好き向けのポッドキャストを配信しているのは小さな反抗心でもあった。

「あ、あった！『昭和三十二年　日本電波塔』！」

ミミゾーが急に大声を上げた。

この蔵に入りたいと言っていたお目当てのものが見つかったらしい。

「そうか、建設中は名前が違ったんだよね。・・・じゃあ、こっそりと失礼して・・・」

カンナは〝日本電波塔〟と書かれた筒を取り出し蓋を開けて中の図面を取り出す。

それは上から下までをインターナショナルオレンジに塗られる塔のものに違いなかった。

「やっぱり東京タワーだ！」

立面図は一万枚書き換えられたともいわれる東京タワーの設計図だった。

「うわー、細かいなぁ・・・」

ミミゾーの目が爛々と輝いている。

公式の最終設計図は名誉教授を務めていた早稲田大学に保管されているはずなので、これはコピーか、あるいは最終前段階のものか。

「コンピュータがない時代にこの全ての線をフリーハンドで引いてたんだもんなぁ」

ミミゾーはこの手書きによる設計図から三百三十三メートルもの巨塔が造られた現実に圧倒され打ち震えた。

「ミミゾーも建築士を目指すなら、東京タワーより愛される建物を建てなきゃね」

「東京タワーは戦後日本の復興の象徴だからね。二十二万人が動員した五百四十三日間の工事で少しずつ高くなる塔の姿を都民は未来への希望を持って見上げていたんだ。建物としての格好良さ、美しさだけでなく、そんな人々の想いが詰まった東京タワー以上のものを建てるだなんて、東京タワーを愛する人こそ言えないよ」

「もう、そんな褒めるとクギ爺泣いちゃうよ」

「だから、僕自身が東京タワーになる。・・・なんてね」

「なにそれ？　・・・あれ、もう一枚ある」

カンナは東京タワーに重なって入っていた、もう一枚の設計図を広げる。

「えっ・・・⁉」

「これは・・・⁉」

それは、まごうことなきロボットの設計図だった。

「コラァーーッ！　勝手に見るんじゃない‼」

それは、まごうことなきクギ爺の声だった。

浅草中に届いたんじゃないかと思えるような怒号が蔵の入り口から響き渡った。


居間に通されると心地よい珪藻土の匂いがミミゾーの鼻をついた。

校倉の模様が刻まれた壁はよほど名のある左官職人による仕事に違いない。

その家の品位を決めるともいわれる欄間は富山の井波彫刻だろうか。

実にきめ細かく彫刻され、花鳥風月が立体的に美しく演出されている。

ミミゾー自身も反省しているが、へそくりのありかでも探り当てるように人の家に上がるとキョロキョロ見回してしまう癖はどうしても直らない。

大工の法被を羽織り頭に手拭い頭を巻いたクギ爺の右のこめかみ部分には、その名の通り三本の釘が挟まれている。

大棟梁であるクギ爺の仕事は直接見たことはないが、この家造りに関わった職人の技術力の高さから、そういう匠に仕事を依頼できる大人物であることは自ずと分かる。

檜のテーブルに東京タワーとロボットの設計図が並べて置かれ、クギ爺と向かい合うかたちでミミゾーはカンナと並んで座らされた。

「ミミゾー君か。カンナから君の東京タワーへの愛情はよく聞いておる」

「すみません、勝手に・・・」

「東京タワーが好きなら内藤多仲先生のことは知っとるじゃろ」

「もちろんです！　東京タワーの構造設計を手掛けた〝塔博士〟ですよね。この設計図にもきっと・・・あった！　これ、多仲先生のサインですよね？」

設計図の左下に〝日本電波塔新築工事〟と書かれたその横には、確かに〝内藤多仲〟のサインが捺印とともに記されていた。

日本を代表する建築構造技術者として、通天閣、名古屋テレビ塔、別府タワー、さっぽろテレビ塔、博多ポートタワーなど、鉄塔の設計を多く手掛けた内藤多仲。

そんな日本が世界に誇る、通称〝塔博士〟の代表作こそが、昭和三十三年竣工、高さ三百三十三メートルの高さを誇る東京タワーに違いなかった。

「こっちも見てみい」

クギ爺はもう一枚のロボットの設計図の左下を二人に指し示す。

「同じサインだ！」

「えっ、まさか！　このロボットも多仲先生の設計なんですか⁉」

「だったら君が操るか？　このロボットを」

「えっ⁉」

まさか、あの塔博士がロボットも設計していたなんて。

東京タワーを愛する者として、内藤多仲先生を尊敬する者として、それを知らずにいた事実。

え、今、ロボットを操るかって言った？

そのショックから最後にクギ爺から言われたことの意味がよく分からなかった。

「あ、僕、拳法の練習があるので、失礼します！」

ミミゾーは頭を下げてそそくさと家を出ていった。

「じゃあねー」

「・・・拳法な」

カンナは手を振って、クギ爺はつぶやいてミミゾーを見送った。

その夜、クギ爺はカンナにずっと秘密していた自分のある〝任務〟の話をした。

起動二万五千百四十八日前　フランク・ロイド・ライト

一九五七年（昭和三十二年）、前代未聞の巨大電波塔の建設が始まって間もない秋の日だった。

帝国ホテル・ライト館の喫茶室に呼ばれた十八歳の新米大工・クギジ（クギ爺）はニッカポッカ作業着を着て首からタオルを下げた自分の場違いな格好を気にする余裕もなく、初めて足を踏み入れた空間の圧倒的な様式美に酔っていた。

中庭に胸像が置かれる渋沢栄一が設立発起人の一人となり、一八九〇年（明治二十三年）、来日する要人が宿泊する「迎賓館」の役割も担って開業した帝国ホテル。

その名の通り、アメリカの著名建築家、フランク・ロイド・ライトが設計を手掛けた二代日本館のライト館は、一九二三年（大正十二年）に竣工しすぐに話題となった。

浮世絵コレクターで日本文化にも精通していたライトは、日本古来の尺貫法に苦戦しながらも、建物内外の仕上げは栃木県産の大谷石や細かな紋様が刻まれた愛知県常滑製のテラコッタやスクラッチタイルなど、日本の風土が育んだ素材にこだわり、匠の技で繊細な幾何学模様など西洋の美意識と見事にマッチングした空間を設計した。

「ソ連のスプートニクが打ち上がりましたね」

キョロキョロと落ち着かない様子のクギジを諫めるように、ゼネコン新組織の幹部だというヒイラギはそう口を開きこちらを振り向かせた。

どこの国のものか分からない服をまとい真っ黒なサングラスをかけた年齢も性別も分からないヒイラギの姿は、西洋と東洋がミックスされたライトの手掛けた内装と見事に調和していた。

「ああ、す、すごいですよね、世界初の人工衛星なんて」

ヒイラギの宇宙についての話は本題に入る前の切り出しの世間話ではなく、意外にもそれこそがクギジをホテルへ呼び出した大きな目的だった。

「アメリカ、中国、そして日本も、これから世界各国の宇宙開発が活発になっていくことでしょう。それにともない、今、デブリの問題が立ち上がっています」

「デブリ・・・?」

「スペース・デブリ。宇宙ゴミです。衛星やロケットの残骸は宇宙を汚すだけでなく他の惑星にも危害を及ぼします。それにより、いつか復讐の時が来て宇宙からの脅威が地球に訪れます。宇宙ゴミは〝宇宙廃棄獣デブリ〟となって地球の各都市を襲い破壊するのです」

「・・・・・・」

予言めいた摩訶不思議な話にクギジは唖然とするしかなかった。

「当然すぐに話を飲み込んでいただけるとは思っていません。しかし、先生は即座に理解を示し仕事に取り掛かってくれました」

「先生？」

「いや〜、全く解せんのだよ、この建物は」

「先生、お待ちしておりました」

ヒイラギは起立して出迎えた。

「え、内藤多仲先生⁉」

クギジも思わず立ち上がる。

当時にして七十一歳の塔博士とはこのときが初対面だった。


「東京に世界一の電波塔を造ってください。復興の証として日本人に自信を与えたいのです」

それまでも数多くの電波塔を手掛けてきた内藤多仲は、そんな物質的な意味も精神的な意味も含めた最大のオファーを受け東京タワーの設計を手掛けた。

〝耐震構造の父〟という異名もあった内藤多仲は同じ設計士として、フラク・ロイド・ライトが手掛けたこの帝国ホテルがなぜ、完成後すぐに起こったマグニチュード七.九の関東大震災において無被害でいられたのかにずっと疑問を持っていた。

「柱はすごぶる貧弱で小さく大体四本の鉄筋しか入っていない。上下に不連続なものもある。外壁下は連続基礎で内部はフーチング基礎。次の強震には耐えられないように見えるんだがね」

ちなみに、東京大空襲では他の建物同様に被害を受け大規模な修復工事が行われている。

「あ、はじめまして、クギジと申します」

「電波塔の工事は順調かな？」

「はい、お陰様で！」

「そうか、それは良かった。・・・はい、これ」

いかにも好々爺といった優しげな表情をクギジに向けた多仲は、持参した製図ケースをヒイラギに手渡す。

ヒイラギはケースを開けて自分だけに見えるよう中を広げて確認する。

「素晴らしい・・・。先生、ありがとうございます」

「こんな依頼は初めてだからね。楽しんで苦労させてもらったよ」

「クギジさん、話の続きです。街を襲う宇宙廃棄獣デブリに対抗する手段、そのために製造されるのがロボットです」

「ロボット？」

「しかし、開発には三つの問題がありました。一つは予算。一つは材料となる鉄不足。もう一つが格納施設の確保です。そこで、建設中の塔をそのまま利用することにしたのです。普段は東京のシンボルとして電波塔の役割を果たし、有事の際には変形して戦うのです。・・・このように」

ヒイラギは内藤多仲の書いてきた東京タワーをロボットに変形させた図面をデーブルに広げる。

「これは・・・⁉」

「変形重機動建築物。通称・ロボビルドです」

「ロボビルド・・・」

クギジは内藤多仲によるロボットの図面を目の当たりにしヒイラギの奇っ怪な話を受け入れた。

「でも、なんでこんな大事な話を現場でもまだ新米の僕が？」

「その時は来たら、あなたに戦っていただきたいからです」

ヒイラギはクギジにROBO-BUILDERライセンスカードを差し出す。

「ロボビルドは歩くことも走ることも思いのままですが、傷付けばロボビルダーとなるあなたも痛みをともないます。その覚悟があれば受け取ってください」

内藤多仲は先と同じ好々爺の微笑みをクギジに向けうなづいている。

「・・・・・・分かりました。是非やらせていただきます」

「ありがとうございます。これも、お土産に宜しければ」

クギジはライセンスカードと一緒に人形焼をヒイラギから渡された。

起動二万五千八十六日前　停止

地球を襲う敵・デブリに対し東京タワーがロボットとなって戦う。

多仲先生がすでに承諾し進めている計画を疑う筋合いも断る理由もなく引き受けたが、クギ爺はそんな塔博士の仕事の出来を一度だけ疑ってしまったことがある。

工事が始まって迎えた最初の冬、十二月のある日、現場に衝撃が走った。

それまでスムーズに収まっていた鉄骨の接合部分が上手く組み合わなくなったのである。

基礎部分の組み立てにミスがないか徹底的に調べたが職人の仕事は全て完璧だった。

スピード工事を求められていたため建設開始時にはまだ全ての図面が揃わず、現場でのトンカチ作業と机上でのえんぴつ作業が同時並行で進められていた東京タワーの工事。

追い立てられ万が一の間違いもあるえるのではと、内藤多仲先生の図面の数字をクギジは徹夜をして全て計算し直した。

だが、塔博士の図面には一ミリの狂いも無かった。

工事を一週間ストップさせ改めて材料の鉄骨一本ずつを計り直すと、アーチ部分の鉄骨の曲げが微妙にズレている部品の加工ミスが明らかになった。

三百三十三メートルの塔の建設の全ての予定を狂わせた、たった十五ミリの誤差。

新米大工のクギジは建設業務の恐ろしさを知るとともに、わずかながらでも内藤多仲先生の設計図面を疑った自分を強く呪った。

この偉大なる塔を絶対に無事に完成させる。

自分以外の者がこの東京タワーで戦うことなど許されるものか。

塔を建てる大工として、ロボビルダーとして、覚悟と誇りをより強く持つようになった。

起動二百十六日前　　空手チョップ

「エイッ！　セイッ！　セイッ！」

クギ爺は庭で一人大きな声で出し、毎朝の日課である空手の稽古を行っている。

昨晩、東京タワーのロボビルダーである秘密をクギ爺から初めて打ち明けられたカンナは、その稽古の様子を初めてじっくりと見守っていた。

「空手を続けているのは健康のためって言ってたけど・・・そのためだったんだ」

「ロボビルドとして戦うためには何かしらの武術の心得が必要とされる。あの頃はまさに空手ブームだったんじゃ。プロレスラーの力道山も〝空手チョップ！〟なんて技をやっててな」

実際に水平打ちの空手チョップの動きをしてみせるクギ爺。

「あれ以来六十五年間、二万三千七百五十日、ワシは日夜、ロボビルダーとして戦う心構えをしてきた。アポロ11号の月面着陸を、日本人宇宙飛行士の誕生を、宇宙ステーションの開発を・・・、人類による宇宙開発の発展にともない宇宙空間にデブリが蓄積されていく事実をどんな思いで受け止めてきたか、カンナ、お前に分かるか？　・・・エイッ！　アイテテテテ！」

「クギ爺！」

痛めた腰を抑えたクギ爺を労わるカンナ。

「・・・ワシはもう、歳をとった」

「まさか、ミミゾーを家に呼んでこいって言ったのは・・・」

「ハァ・・・ハァ・・・、デブリ襲来の日は確実に近づいている」

起動百三十七日前　　丹下健三

国立代々木競技場の美しさは一方向から見ただけでは分からない。

一九六四年（昭和三十九年）、東京オリンピックのサブ会場として建設された競技場は、日本伝統の様式美を尊重したモダニズム建築の巨匠、丹下健三によって設計された。

建物の構造や内部はあくまで機能的に、外観は曲線美を生かした大胆なデザインが際立つ、〝世界のタンゲ〟による青い空と一体化したようなダイナミックな屋根を持つ建築物。

その大きく反り返った貝殻のような形の屋根は、吊り橋のように二本の支柱を立てワイヤーを通して屋根を吊るす「吊り屋根構造」によって形づくられている。

体育館の中は当時は極めて珍しく柱を必要としない一体感のある大空間の確保を可能にした。

二つの体育館とインドアプールを備え、東京オリンピックに出場したアメリカ水泳選手団の団長からは「将来自分の骨を飛び込み台の根元に埋めてくれ」という申し出があったという。

多くの世界記録がこの競技場で生まれたことに〝建築の力〟もあったことが認められ、国際オリンピック委員会は、東京都、日本オリンピック組織委員会とともに建築家の丹下健三を特別功労者として表彰している。

二〇二一年には実に半世紀以上を経て国の重要文化財にも指定された。


その体育館で日本拳法選手権大会が開かれた。

文字通り日本発祥による日本拳法は、打撃・蹴り・投げ技に加え、寝技・関節技なども使用される、空手と柔道の要素を持つ総合格闘技ともいわれている。

ミミゾーは中学三年男子の部に出場。一般の部でも上位に行けるという評価に違わず、一回戦から次々と派手な連続技を披露し会場を沸かせていた。

「打！打！打！打！打！」

「突！突！突！突！突！」

「蹴！蹴！蹴！蹴！蹴！」

自身の繰り出す技・動きを声に出して戦うのがミミゾー流で、最後まで会場に大きな声を響かせ期待通りの圧倒的な優勝を決めた。

進学先の噂も飛び交う中学で最後の大会とあって、表彰台から降りたところから道をふさぐように集まってくる沢山のお祝いとスカウトの声。

金メダルを首にかけ花束を抱えたミミゾーが人垣を掻き分け控え室に戻って着替えていると、一番賑やかな祝福がノックの返事を待たずに入ってきた。

「優勝、おめでとうーーーっ！」

カンナがパーーンとクラッカーを鳴らしながら入ってきた。

「ああ、びっくりしたー。来てたんだ。ありがとう」

満面の笑顔のカンナの後ろには神妙な顔のクギ爺がいた。

「来た甲斐があった。素晴らしいものを見させてもらったわい」

「あ、先日はお邪魔いたしました」

移動した体育館のテラスからは都心の風景がパノラマとなって広がっていた。

ミミゾーはクギ爺から東京タワーがロボビルドであることを伝えられ、手渡されたROBO-BUILDERライセンスカードをまじまじと見入る。

「まさか本当に東京タワーが変形するなんて・・・。ロボットを操れと言ったのは冗談じゃなかったんですね」

「今、宇宙には大小合わせて一億三千万以上の宇宙ゴミが放置されている。いつ宇宙廃棄獣デブリとなって地球を襲って来ても不思議ではない」

ミミゾーはその先にある宇宙を見るように秋空を見上げる。

目を瞑ると一瞬その空間に宇宙ゴミが散らばってる様子を想像し首を振る。

「東京タワーへの愛情と知識、そして今日見せてもらった戦うために必要な身体能力、ロボビルダーとしての素質は十分じゃ」

カンナも同調するようにウンウンとうなづいている。

「僕が、あの東京タワーで、戦う・・・」

まだ実感が湧かないが、それが他の誰かになるのは嫌だった。

東京タワーの方向に目をやった時、ミミゾーに応えるようにタワーがライトアップした。

起動百三十二日前　　ジブリ

「僕は東京タワーのロボットで戦うことを決めました」

心の内でそれをサラリと伝える練習を繰り返していた。

それを伝えて妹のモモは無邪気に喜んでくれるかもしれないが、両親が「あら、いい話じゃない。

大いに戦いなさい。頑張ってね」なんてことは言うはずはなく、ただひたすらに「危ないから絶対やめて」と声を揃えて反対するに違いない。

いや、それ以前に東京タワーがロボットに変形すること、宇宙ゴミが宇宙廃棄獣デブリとなって襲いに来ることをどう伝えるかの方が先じゃないかろうか。

伝え切れたとしてもそれを信じてくれるどうかはまた別問題だし。

以降の家族揃っての夕食は一人そんなことを考えながら食べ続け全く味がしていなかった。

だとしたら、拳法を始めた時と同じ作戦だ。

大会で結果を出してから入門していたことを伝えて続けることを認めてもらったように、僕が実際にロボビルドとして戦い、東京の街を守ってから告白することにしよう。

有言実行じゃなく〝実行有言〟作戦だ。

うん、それがいい。

「うん、ミミゾーもそれでいいわよね？」

三つ目の鶏の竜田揚げに手を伸ばしたとき母が同調を求めてきた。

「え、何が？」

「何がじゃないわよ。今、聞いてたでしょ？　あなたの優勝記念の家族旅行よ」

「愛知の猿投温泉っていって近くにモモが行きたがっていたジブリパークがあるんだ」

「近々で来週の土日とかで」

母も父も妹も、すでに僕以外の三人で話がついているようだ。

「ジブリ！　ジブリ！」

『魔女の宅急便』のホウキを模した箸を握るモモはすでに計画が決まったように喜んでいる。

「わかった。そこだけ練習休むわ」

「やったー！　ジブリ！ジブリ！」

デブリと戦う前にジブリ！ジブリで遊ぶのも悪くない。

戦う塔の前に〝動く城〟を拝むとしよう。

起動百二十一日前　　事故

「ほらな、この時間でも空いてたろ」

「寝坊しといて調子いいわね。出発の前日に深夜まで接待なんて。ほんと信じらんない」

ハンドルを握る母はプンとした顔を助手席に座る父に見せながらも心では笑っている。

ちょっと遅めの出発となった家族ドライブ旅行はたまたま僕の大会優勝とも時期が合ったが、以前からモモが元気になってから行こうと計画していた両親の念願でもあった。

幼い頃から病気で長く入退院を続けていた小学五年生の妹・モモ。

父はモモとの時間を少しでも増やすため、出張の多かった大手教材会社の仕事を辞め毎日定時に家に帰ることの出来る通販会社の工場に転職した。

しかし、キャリアを重ね今はメーカー各社の営業との付き合いが多くなっているようだ。

区立図書館の司書をしていた母はモモが何度も検査と手術を繰り返していたことから、医療の本を片っ端から読んで専門学校に通い看護師の免許をとった。

娘の病気への治療方法を見つめ直し時間はかかったがほぼ完治に至ることが出来た。

しかし、コロナ禍になり、変わって母が超過労働から体を壊して退職。

今はマイペースで近所の書店でパートをしている。

しかし、司書時代に培ったスキルは店長ほか店員、常連客からも重宝されているらしく、最近またシフトが増えてきているのが心配だ。

僕は僕なりに、病気と戦う妹と、そんなモモに寄り添いながら懸命に生きる両親を間近で見てきて自分に出来ることを小さい頃からずっと考えていた。

僕はそんな家族を守るために〝強くなる〟ことを決めた。

小学校の通学路にいつも扉の向こうが気になっていた拳法の道場があった。

ある日、ガラスの扉越しにのぞいていると中に入れてくれ練習を見せてくれた。

「拳法は、人間の素質として眠っている。それが練習によって、よみがえり、育成するのである」

それまで喧嘩をしたことないのはもちろん拳の握り方もおぼつかなかったが、日本拳法の開祖・澤山宗海先生の言葉を教えてもらってから図々しくも〝やれる〟と思った。

家のおつかいで顔見知りだった惣菜屋のお兄さんが道場にいたため、正式な入門をしないまま放課後の遊び代わりに通っていた僕は道場内でいつも可愛がられ、日本拳法大会の小学生低学年の部にも親の知らないところで参加の申し込みが行われていた。

優勝してしまったことから秘密にしていた道場通いが親にばれ惣菜屋さんと一緒に少し怒られたが、家族と道場の人たちが一緒に優勝祝いをしてくれた。

〝お兄ちゃんかっこいい！〟とモモが言ってくれたことが一番のお祝いだった。

一度だけ、仲睦まじいうちの家族を指して〝病気の子は鎹だね〟と笑って言った親戚に手を挙げそうになったが、父がそれを勘付き誰にも気づかれぬよう僕を手で制してくれた。

道着の帯の色が変わっていく度に、外では決して拳を使ってはならない教義を肝に銘じた。

だが、それがロボットならばさすがに例外になるだろう。

首都高に入っても幸い車は気持ちよく流れていた。

今日の空の青さはモモが吊るしたてるてる坊主のおかげに違いない。

「今日はゆっくり行こうよ」

ミミゾーは遅れを取り戻すためにスピードを上げそうな母を落ち着かせた。

「そうね。その代わりみんな寝ちゃダメよ。・・・とくにアナタ！」

母が左手で父を小突く姿にモモと僕が一緒になって笑う。

今日は久々に両親の〝運転じゃんけん〟が見られることを楽しみにしていたのだが、必然的に母に優先権が与えられ、父が家族みんなが眠たくなる、というか、きっと僕もモモも寝ているであろう帰りの運転担当となり、母が行きのハンドルを任されていた。

万が一渋滞にはまってしまってもそれはそれだ。

家族がこうして一緒にいる時間が何より大切だとミミゾーは思った。

「あ、東京タワーだ！」

モモが汐留付近で間近に見えた東京タワーに反応する。

ミミゾーはまだロボビルダーについて正式な返事をしていないことを思い出した。

「大事なことですので改めて連絡させてください」

あの時、ミミゾーがROBO-BUILDERライセンスカードを返すと、クギ爺は安易にイエスとは言わない、真剣に考えて悩んでいる僕により強い関心を持ってくれた。

「君に引き継ぐなら天国の多仲先生もきっと御納得のはずじゃ。良い返事を期待する」

「ＬＩＮＥでもいいからねー」

カンナはあくまで僕をリラックスさせ考える時間をくれた。

睨みつけるような目の強さでまじまじと見つめる東京タワーが車窓から過ぎ去り、スマホをONにしてカンナのＬＩＮＥ画面を開くミミゾー。

「・・・・・」

僕はこの街を守り、この家族を守る。

さて、何と書いて返事をしよう。

その瞬間だった。

「え？」

突然、強烈な閃光に視界の全てが奪われた。


午後、カンナがスマホで確認したのはミミゾーからのＬＩＮＥではなく事故のニュースだった。

速報にはミミゾーの家族と知らせる情報は何も書かれていなかったがカンナには分かった。

乗用車が首都高速道路の塀を乗り越え高架下の道路に逆さまに落下。

事故原因は不明。

運転していた母と助手席に乗っていた父、後部座席の小学五年生の長女は死亡。

同じく後部座席に乗っていた中学三年生の長男は意識不明の重体――。

起動九十七日前　三学期

明けても全くおめでたくない年越し。

三学期がスタートした。

新年を迎えた中学三年生の教室は新生活への関門を控える緊張感とともに、耳をすませば離ればなれになるまでのカウントダウンの音が聞こえてくるような独特の空気が漂っている。

高校受験のために勉強を続ける生徒、就職面接を控える生徒、地元を離れることが決まっている生徒、なかには結婚を控えているという生徒も・・・。

別れと同時にクラスの全員が別々の人生の違う道を歩んでいく。

そんななか、カンナの斜め前には意識不明の重体の生徒の空いたままの座席がある。

ミミゾーは中学校を卒業できるのだろうか。

一体、春からどこで何をするのだろうか。

土木科のある地元の高校への進学を目指しているカンナは、〝戻ってくる〟ことを前提とした希望的観測と分かったうえでそんなことを心配しながら授業を受けていた。

起動八十五日前　傷と痣

ただ、待っているだけ。

何を？

意識が戻ることを？

安らかに息を引き取ることを？

心配と苛立ちによる心の混乱を払拭するようにカンナには始めたことがあった。

以来、仲見世通りの行灯に明かりが点く遅い時間に帰るのが普通になった。

クギ爺のために、毎朝、朝食と一緒に作った夕食を冷蔵庫に保存している。

夜、お腹を空かせて待ちきれない時は〝チン〟して先に食べてと伝えている。

それでも、もうこれ以上、隠し通すことは出来ないだろう。

「ただいまー」

台所にいたクギ爺はあんかけ焼きそばを温め終わりラップを剥がしていた最中だった。

「このところ毎晩遅いな。お前が言わないからワシも聞かないが」

「クギ爺、あたしが大工になるのはいけない？」

「建設現場で息子を失ったワシの悔しさを、父親を失ったお前に話すことがまだ必要か？」

仏壇には幼いカンナと日曜大工で鳥の巣箱を作る父・ヤスリの遺影が飾られている。

「高校の土木科に入ったところでワシの返事は変わらんぞ」

「大工がダメなら・・・ロボビルダーとして戦うのは？」

クギ爺の箸が止まった。

「建物への愛情なら、あたしもミミゾーに負けてないよね」

「お前、何を言っている？　拳法の大会を見に行った時にも言っただろ。ロボビルダーには戦いに必要な武術と身体能力が・・・、おい、何をしている！」

カンナは制服のシャツを脱ぎ捨てる。

その身体には沢山の傷と痣が付いていた。

「お前、まさか、ミミゾーの代わりに・・・」

起動八十四日前　　柔道部

これで隠しごとはなくなった。

それにしても中学の部活はよくこの時期に三年生のあたしを受け入れてくれたものだ。

ミミゾーのいた拳法部がいいか、クギ爺の跡を継いで空手がいいか迷ったが、カンナは導かれるようにその間に挟まれていた柔道部の部室に頭を下げに行った。

当然ながら、あたしが短期間でどんなに頑張っても出られる大会はこれからない。

女子部員が少ないため彼女たちの練習相手としてならと条件を付けられたが、カンナは間違いなく道場でもっとも大きな声を出して取り組んでいた。

「うりゃあーー！」

「そりゃあーーー！」

「とりゃあーー！」

下級生たちに投げ飛ばされ続けながら必死で受け身を取り続けるカンナ。

「うおりゃあーーー！」

ミミゾー、あたしは何度でも何度でも立ち上がってやるから！

起動六十五日前　謝絶

練習は放課後に限らず、学校の授業がない土曜日も。

自分から技をかけられるようになると練習も楽しくなってきた。

だが、その朝、出掛けようとした寸前に電話を切ったクギ爺から呼び止めらた。

「ミミゾーの意識が戻ったそうじゃ」

「えっ！」

「この歳になると入院中の知り合いが多くてな、面会は謝絶じゃが病院と部屋は分かった」

「クギ爺、ありがと！」

カンナは奪うようにメモを受け取り学校とは反対側に走っていく。

ほら、あたしがずっと信じていたとおりだ。
やっとミミゾーが目を覚ました！
ついにミミゾーがよみがえった！
やっぱりミミゾーは生きていた！
病院着。
面会謝絶だから失礼ながら受付前をそのままスルー。
メモから病室を確認し廊下を行ったり来たりして待機。
医師や看護師が出入りするタイミングで中を覗こうという寸法だ。
わずかに見えた様子は思っていたのとはだいぶ違った。
「ミミゾー・・・」
体のほとんどが包帯で巻かれ、わずかに見える体皮には管が繋がれていた。
あれで意識が戻ったって？
動いている様子は全くなかった。

起動六十三日前　　再び

再び病院へ。

同じようにタイミングを狙いドアの隙間から病室の様子を覗き見る。

ミミゾーに一切動きはない。

この部屋にいるということは生きていることの証明だと自分を安心させる。

起動六十一日前　　三たび

三たび病院へ。

隙間から病室を覗き見るが全く変わらない。

家族を失ったから当然かもしれないが身寄りのような人も見えない。

ミミゾーはずっとこのままなのだろうか。

起動五十八日前　　病室

今日で病院へは四度目になる。

さすがにこれだけ通うとマークされていたのか。

病室前の廊下をいつものようにウロウロしていると医師に声をかけられてしまった。

「ミミゾーさんのお知り合いの方ですよね」

「あ、すみません、あたし、あの・・・」

「いいですよ、中に入っていただいても。寝ていますので起こさないでくださいね」

「あ、ありがとうございます！」

「シー」

と、お医者さんが口に指をやる。

起こさないでと言われたばかりなのに嬉しさのあまり大声を出してしまった。

「失礼しまーす」

おそるおそる部屋に入り、ミミゾーのベッドの横に立つ。

治療中の体は痛々しいが寝顔はぐっすりと安らかな表情でホッとする。

あ、鼻の穴が動いている。

呼吸を確認しただけでこんなに嬉しい気持ちになるとは。

窓の外に見えるのは桜の木だろうか。

ベッドの横の椅子にそっと腰かける。

ミミゾーが退院するのと桜の花が咲くのとどっちが早いのだろう。

外の景色が暮れていくまでカンナはずっと座り続けていた。

起動五十六日前　千羽鶴

ミミゾーの病室を訪れて以来、カンナには続けていることがある。

赤やオレンジ色の東京タワーに近い色だけで折っている折り鶴だ。

みんなどうやって紐で通しているんだろうとインターネットで検索すると、完成された千羽鶴がいくつものショッピングサイトから販売されていて驚いた。

んふ、なにこれ？　お見舞い用？　こういうことでいいわけ？　効果ある？

「あはは」

あ、あたし、ミミゾーの事故以来、初めて笑ったかもしれない。

目覚めなくても息をしてる顔を見てよっぽど安心したんだな、あたしも。

少しだけフツーの精神状態に戻れていることにホッとした。

ネットには自分で折る時の注意も書かれていた。

え、千羽鶴の折り鶴は首を折っちゃダメなの？

縁起が悪いって？　もー、先に言ってよ。

一度折った首を一羽ずつ元に戻そうとしたが、最初から折り直すカンナ。

やっぱりズルしたら神様に嫌われるよね。

起動五十四日前　　三百三十三鶴

カンナは考えを改めた。

やっぱりさすがに一人で千羽なんて折っていられない。

「三百三十一・・・三百三十二・・・三百三十三・・・と」

千羽鶴ならぬ〝三百三十三羽鶴〟だ。

これだけでも重ねて吊るせば十分それっぽい。

想いは十分に伝わるはずだ。だってあたし、ネットで買ってないし。

ありがたく思ってほしいもんだ。

起動五十三日前　其ノ一　　車椅子

今日は起きてるかな。

少しだけでも話せたらいいんだけど
折り鶴を抱えてミミゾーの病室を訪れるカンナ。

だが、主が寝ているはずのベッドはもぬけの殻になっていた。

「うそ・・・!?　え、そんな、なんで!?　ミミゾーーっ！」

「うるせーな」

部屋に戻ってきたのが誰だか一瞬気づかなかった。

「……ミミゾー？」

看護師に点滴を支えられながら車椅子に乗って入ってきたミミゾーは、顔面やツルツルに剃られた頭皮にも激しい傷と治療の跡が見られる。

必然的に顔つきが変わるのは仕方ないとしても自暴自棄から話しぶりまで変わるものなのか。

以前のミミゾーなら〝うるさいなぁ〟だが、あたしは確かに〝うるせーな〟と言われた。

あたしは驚きで声を失い混乱していた。

「何度か来てたみたいだな。ヒマなのかよ、お前」

「……」

「そんなにオレが生きているのが意外だったか？」

〝オレ〟だって？　今までは自分のことを〝僕〟と言っていたはずだ。

ミミゾーは看護師の手を借り車椅子からベッドに移り横になった。

「自分で歩くのはもう無理みたいだけどな」

「……」

「なんだよ、叫んだり黙りこんだり」

「……」

「薬飲んだから寝ちまうぞ。もう来んなよ」

涙を流していたカンナは折り鶴を投げつけ走って出ていった。

病室に三百三十三羽の赤い折り鶴が散乱した。

起動五十二日前　　尽己竢成

「とりゃあーーー！」

「よっしゃーーー！」

「うりゃあーーー！」

カンナは翌日から以前よりも柔道の稽古に熱を入れるようになった。

「尽己竢成。おのれつくしてなるをまつ」

自分の全精力を尽くして努力したうえで成功や成就を期待すべきである。

道場にはそんな意味を込めた、日本柔道の父・嘉納治五郎の言葉の書が掲げられていた。

あたしだってやれるはずだ。なのにあたしは、まだ何も尽くしていない。

もっともっと努力だって出来るはずだ。

起動三十五日前　　卒業式

道場で最後となる朝練を行った後に行われた、中学校の卒業式。

今のカンナに感傷的な気持ちは一切なかった。

だが、外に出て着るのが最後になる制服の肩に桜の花びらが落ちてきたとき、ミミゾーの病室から見た窓の景色を一瞬思い出した。

あの桜の木も花を咲かせたのだろうか。

起動二十八日前　　アスファルト

「そりゃあーー！」

「とりゃあーー！」

「てぇぇーーい！」

東京・芝公園の朝の誰もいない駐車場でカンナは一人トレーニングに励んでいた。

中学を卒業して部を離れて以降、あたしの道場は空の下にあった。

あたしは操れるのだろうか。あたしは戦えるのだろうか。

十キロのウエイトウェアをドサッと脱ぎ捨てアスファルトに仰向けになった。

「ハァ・・・ハァ・・・ハァ・・・」

おまえは操れるのか。おまえは戦えるのか。

東京タワーがカンナを覗き込むように顔上にそびえ建っていた。

起動二十一日前　閃光

四月を迎えカンナが新しく通う西梁高校の土木科は九割以上が男子で占められている。

その男女比率は世間の土木・建築業界とも等しい。

少ないからこそ世間では「土木女子（ドボジョ）」なんて無理矢理な呼ばれ方をする。

大勢いる土木の男は「土木男子（ドボダン）」なんて呼ばれないのに。

この高校でどう立ち回るかの身の振り方は社会に出る前のいい予行練習になるのかもしれない。

そもそも、自分が〝女子高生〟という現状にまだ全然しっくり来ていない
どうやらキラキラとした青春とは程遠い三年間になりそうだ。

「でも絶対、お前らよりもあたしの方が建物のこと好きだし詳しいからな！」

カンナは教室中に響きわたるような大声で〝心の中で〟叫んでみた。


「何が見つかったたって？」

家に帰るとカンナはクギ爺に呼ばれ、木と鉄、油とカビの匂いが混ぜ合わさって充満する家の納屋に久しぶりに入った。

「ミミゾー家族の自動車事故の原因じゃ」

「えっ？」

クギ爺は年季の入った大きな工具箱を開け、中からブロック一個ほどの大きさの物体を取り出し床のブルーシートの上に置いた。

「こいつが閃光を放ち宇宙から堕ちて来た」

「鉄クズ？」

「宇宙ゴミ、デブリじゃ」

「え、デブリってことは・・・？」

「宣戦布告のために堕とされた小さな欠片だが、今後は数百、数千倍もの大きさの宇宙破壊獣デブリが襲ってくるに違いない」

「でも、ロボビルドは？」

「いざとなったら、ワシが・・・」

その瞬間、デブリは事故のときと同じような強烈な閃光を放ち、ブロロロローンとうなりを上げガタガタガタと激しく。

カンナはとっさに立てかけてあったハンマーを握って振り下ろし、一発でデブリを粉砕する。

「ハァ・・・ハァ・・・」

息を整えながらカンナはクギ爺を睨みつける。

「あたしだってやれるから」

起動二十日前　退院

事故の原因は生存者に報告する義務がある。

ミミゾーには真実を伝えなくてはならない。

しかし、学校帰り、久しぶりに病院に行くと思わぬ知らせを受けた。

「ミミゾーさんは二日前に退院されています」

あいつがそれをあたしに報告する義理はないのか。

カンナはミミゾーのスマホにかけるが全く出ない。ＬＩＮＥを送っても既読にもならない。

クソッ。

起動十八日前　ノック

バリアフリーのマンションで一人暮らしを始めたらしいミミゾー。

場所を突き止めたカンナは差し入れの食料などを買って部屋を訪れた。

しかし、呼び鈴を押しても返事がない。

ドアをノックしても反応がない。

留守か。

出掛けられる体ならそれで良しと思うことにしよう。

起動十七日前　音

翌日、再びミミゾーのマンションの部屋を訪れると昨日ドアノブに下げて帰った買い物のビニール袋がなかった。

ドアを開け閉めしている生活の証が確認出来たことで少しホッとする。

しかし、呼び鈴を押しても、ドアをノックしても反応はない。

また出掛けているのか？
・・・・・！　いや、中から何か聞こえる。
ドアに耳を押し当て音を確認すると、ノックとはいえないほど強くドアを叩く。

「ミミゾー！　いるんでしょ！　ミミゾー！」

メシだけもらっといいて無視するとはいい根性をしている。

ドアの新聞受けに目をやり周囲を見回す。この際やむをえまい。

「はい、失礼しまーす」

小声で宣言し自分に悪気は無いと奮い立たせ、指で新聞受けを開け中を覗く。

中の様子までは見えないが音はよりはっきりと聞こえる。

この音は・・・ゲーム？

「はい、もっと失礼しまーす」

もっとヤバいことをしようとしている。もう、こうするしかないのだ。

カンナは最近ポッドキャストをサボってご無沙汰になっていたボイスレコーダーを取り出し、マイクを新聞受けの隙間につっこみ録音スイッチを押す。

みなさーん、ここに不審者がいますよー！

カンナは心の中で叫んでみた。通報したければどうぞご勝手にだ。

起動十六日前　　ストⅣ

うん、よく録れてる。

小遣いを貯めて買ったそれなりのボイスレコーダーのおかげでまああの音質だ。

昨日、ミミゾーの部屋から〝盗録〟したゲーム音らしい音楽の正体を探るため曲名検索アプリにかけるが検出不可。

高校の土木科のゲーマーのクラスメイトを突きとめて聴いてもらっても特定は出来なかったが〝格ゲー〟っぽいねという返事をもらった。

格闘ゲームの音。一面クリアといったところか。

放課後、カンナは秋葉原のゲームソフトショップを訪れ、レジから客がいなくなるのを待って店員にゲーム音を聞いてもらった。

「あー、はいはい。なるほど、あー、はいはい・・・」

「分かるんですか？」

「ストⅣだね。ストリートファイターⅣ。チャンピオンエディションで間違いないと思うけどな」

これで五面クリアぐらいはしただろう。

耳の良いカリスマ店員がいてくれたのはラッキーだった。

「キャラクターは豪鬼を使ってるね。彼は強いよ。そうとうやりこんでる」

まさかの全クリ？　アキバ最高―！

興奮して早口で感謝の言葉を伝えたものの何も買わずに走って店を出てしまった。

いろんなことが落ち着いたらまたお礼の買い物に来よう。

起動十五日前　　アベル

どうやら「ストⅣ」はスマホでプレイが出来ることが分かった。

病院での格闘ゲームはさすがに医師や看護師にたしなめられるだろう。

おそらく消灯を過ぎた時間に音を消してこそこそと遊び、今はその反動でドアの外に漏れるほどの大音量で堂々とプレイしていたということか。

入院中のミミゾーの様子を思い浮かべて少し楽しくなった。

しかし、アイツはゲームの中でもまだ戦うのというのか。

ならばこちらも応えてやるしかない。

カンナは三十以上のキャラクターから柔道を基本とした総合格闘を操るアベルを選んだ。

今晩は一つ一つ操作を覚えながらコンピュータを相手に自主練だ

起動十四日前　　ミミゾー

カリスマ店員からタイトルのみならず使用キャラまで特定できたのは良かった。

オンラインで探し当てるにもこれで手間がだいぶ違う。

豪鬼。拳を極めし者か。

なるほど、いかにもアイツが選びそうだ。

さらにラッキーだったのはそのまま「ミミゾー」の名前で登録されていたことだ。

それならこっちも堂々と「カンナ」で対戦を申し込んでやる。

さあ、あたしの挑戦を受けて立ちやがれ。


真っ暗な部屋のなかでスマホのモニターだけが点いたミミゾーの部屋。

電気を付けていても構わないのだが入院中のように暗いなかで遊のに慣れてしまっていた。

車椅子が横に置かれ、ベッドで仰向けになりストⅣをプレイするミミゾー。

オンラインの対戦を何度も経験しているが普段は顔も名前も知らない相手に限られる。

だが、今夜はよく知りすぎる因縁の相手だった。

このスマホの中にはその対戦相手からの電話の着信記録がズラリと並び、ＬＩＮＥで既読無視した通知の未読も三桁に迫る勢いだった。

もちろん、電話やＬＩＮＥと同じようにスルーすることも出来る。

しかし、これは格闘技の試合の申し込みなのだ。オレが逃げるわけにはいかない。

部屋の隅のダンボールに無造作に入っている「日本拳法選手権 中学3年男子の部 優勝」のトロフィーがスマホのわずかな光に反射していた。

カンナ、覚悟は出来てるな。　その挑戦、受けて立ってやる！


ミミゾー操る豪鬼VSカンナ操るアベル。

しかし、その勝負はあっけなかった。

現実の世界で観戦客がいたら金返せと罵倒されても言い返せない凡戦だ。

「とりゃーー！」

「しゃあーー！」

「そりゃーー！」

カンナの大声は離れた部屋で寝ているクギ爺にも届いていたかもしれない。

だが、アベルの繰り出す技にまるでダンスでも踊るように華麗にかわし続ける豪鬼。

そして、疲れ果てたアベルに豪快な〝鬼蹴り〟を喰らわせる豪鬼。

全く受け身がとれずに派手にぶっ倒れるアベル。

「K.O.」の表示が出ると同時にカンナからのLINEがミミゾーに届いた。

カンナ〈入院患者ならおとなしくどうぶつの森とかやってろよ！〉

カンナ〈今、電話するから絶対出ろよ！　バカヤロー、コノヤロー！〉

「ふっ、ビートたけしかよ」

ミミゾーは部屋で一人、LINEを既読にし笑ってつぶやいた。


ミミゾーはベッドで仰向けになったまま放り出したスマホの電話をスピーカーにし、捲し立てられるカンナの話を一方的に聞いている。

「置いてったのちゃんと食べた？　あたしのオススメはチンして食べる冷凍の豚バラと白菜のミルフィーユ鍋。あれ美味しかったでしょ！　あと聞いたよ、院内受験受けて西梁高校に合格したんだってね。同じ土木科だったら大丈夫。私が遅れた分をビジビシ教えるから！」

あー、こわいこわい。

「拳法のことはね、ほんとに残念だけど・・・。でもね、ミミゾーはこれからもっと戦うんだから！」

なんだって？　このオレが戦う？

「ロボビルドはね、やっぱりミミゾーじゃなきゃダメなの！　もう、東京の街を守るとかどうでもいいの！　ミミゾーにはもっと大きな戦う理由が出来ちゃったのよ！」

「どういうことだ⁉」

ミミゾーはがばっと体を起こしカンナに問いただす。

ロボビルドやデブリについて電話で熱心に話し合っているカンナの声をトイレに起きたクギ爺が廊下で耳にし、よしよしとうなづいて寝床に戻る。

ミミゾーとカンナ、お互いの部屋のカーテンの隙間から朝陽が差し込むまで続いた電話。

明るくなってきたミミゾーの部屋の机には赤い一羽の折り鶴が置かれていた。

起動六日前　其ノ一　現場

東京・汐留の交差点。首都高速道路の高架下。

高校の制服を着て薄手のニットキャップを被っている車椅子のミミゾーがいる。

「押しましょうか？」

青信号になっても進まないため歩行中の男性から声をかけられるが手を挙げて断る。

そこに、待ち合わせていたクギ爺とカンナが来る。

「事故に遭った者はその現場には二度と近づきたくないと聞いたがな」

「何も覚えちゃいねーよ、あの時の光・・・デブリ以外のことはな」

「ロボビルドはビルダーの神経と接続し脳からの信号によって動く。だが、ゲームとは違う。歩こうと思えばその通りに動くが、傷付けばビルダーも痛みをともなう」

黙って聞き入るミミゾー。

心配してミミゾーの反応をうかがうカンナ。

「それでも戦う覚悟があるなら受け取るんじゃ」

クギ爺がミミゾーにROBO-BUILDERライセンスカードを差し出す。

ミミゾーはキャップを脱ぐ。

生えてきた短い髪は鮮やかな色に染められている。

「赤！」

驚いたカンナは思わず叫んでしまう。

強い意志を感じさせる覚醒したような勇ましい表情でミミゾーはカードを受け取る。

「インターナショナルオレンジだ」

高架の向こうにミミゾーの髪と同じ色をした東京タワーが見える。

起動初日 其ノ一　襲来

宇宙空間。
ロケットや衛星の破片と思われる宇宙ゴミ、スペース・デブリ。
そんな宇宙を漂うデブリが1つ、また1つと結合していく。
結合していくデブリの塊が徐々に大きくなり突き進むように堕ちていく。
その先に青い星、地球の姿が見える。

東京都千代田区・西梁高校。
窓際にカンナが座る、土木科1年の教室。
突然、全てを包み込むような強烈な閃光に包まれる。
それと同時に、大地震が起こったかのように響きわたる轟音。
やや離れた場所に巨大な鉄の板のようなものが煙に包まれて堕ちる。
デブリだ！
カンナは走って教室を出ていく。

煙が晴れると板は墓標のように地面に突き刺さり、表面に何か書かれているのが見える。

〝破壊する〟という宣誓なのか、エスペラント語で「街はここに眠る」と書かれている。

メッセージが伝わったことを確信したように墓標は動き出し獣の形に変形する。

そして、雄叫びのように大きなうなり声を響かせた。


来たか。

直前の襲来予測をクギ爺から聞き東京タワー展望台に待機していたミミゾーは、デブリが堕ちたことを確認しエレベーターで一階まで移動する。

派手なことはもうやれねーと思ったけど、このオレが東京タワーで戦うなんて、ちょっと〝復讐ごっこ〟がデカすぎるぜ。

一階入り口を出て東京タワーの足元に埋め込まれた「定礎」の前に来るミミゾー。

先日聞いたクギ爺からの指令を脳内で反復する。

「いいか、ミミゾー、その時が来たら・・・定礎を押し込め！」

「定礎を押し込め！」と声に出して押し込んだ定礎はミミゾーを受け入れるように輝きを放つ。

その光は車椅子ごとミミゾーを包み込むように東京タワーの中に引き込んだ。

「無事にビルドインしたようじゃな」

「クギ爺か、何も見えねーぞ」

ミミゾーを引き込んだ東京タワー内部は暗闇に包まれている。

「安心せい。ビルドアップすれば視界は開かれる」

ヘッドセットを付けたクギ爺は東京タワー内のミミゾーと交信しながら、家の居間をロボビルドの戦闘管制仕様にセッティングする。

テーブルから雷おこしの入っていたカゴをどかし、天板をひっくり返してスイッチ類を出し、襖が巨大モニターとなり、東京タワー地点、デブリ地点、都内の様々な映像が映っている。

「よいか、慌てるな。ゆっくり立ち上がるんじゃ」

「よし・・・オレは立てる・・・大丈夫だ」

ミミゾーがおそるおそる車椅子から立ち上がる。

「変形します。変形します」

トラック音声案内の〝バックします〟のように東京タワーが変形をアナウンスする。

「立てる。・・・立てるぞ」

ミミゾーが立ち上がるのにともない、暗闇が晴れて外の景色が見え始める。

東京タワーが、脚、腰、胴・・・と、二足歩行型のロボットに変形していく。

「立て！　立つんじゃー！」

カンナが学校から飛び込むように家に帰ってくる。

「ミミゾーー！」

胸、腕、首、頭・・・と、東京タワーはヒト型のロボットに変形する。

ミミゾーの視界は最上部の頭部の位置と等しくなる。

「・・・立った・・・オレは立った！　立ったぞ！」

半世紀以上の時を経て初めてロボットに変形した東京タワーの勇姿は襖のモニターにもしっかり映し出されていた。

「ビルドアップ、成功じゃ！」

「クギ爺、大変！　デブリが！」

デブリが沢山の触手を振り回し街のビルをだるま落としのように壊している。

「ミミゾー、分かっておるな。デブリは街の建物、地上からの突起物を破壊することがインプットされておる」

「だから自ら標的になれってんだろ！」

立てたんだから大丈夫だ。もう怖くない。

「歩ける、オレは歩けるぞ」

ロボットとなった東京タワーは第一歩を踏み出しドスンと歩き出す。

「歩・・・歩・・・歩、歩、歩、歩」

さらに、その勢いのまま街を駆け抜ける。

「走・・・走・・・走！走！走！走！走！走！走！走！走！」

「んったく慣れないうちから」

走る姿を苦い顔をして見つめるクギ爺と、微笑んで見つめるカンナ。

「そりゃ、脚で走りたいわよね」

街を疾走する東京タワー。

その先に暴れている宇宙廃棄獣デブリが照準に入る。

「さぁ、歓迎の御挨拶というこうか」

デブリは急激に迫ってくる東京タワーに反応し振り向く。

東京ロボは走った勢いのままジャンプしデブリに飛び蹴りを喰らわせる。

「ウェルカム・トゥ・トーキョーー‼」

「ミミゾーー！」

カンナも無我夢中でモニターの前で叫び声を上げていた。

キックを直撃したデブリは吹き飛ばされて倒れる。

だが、ミミゾーは攻撃の手を休めない。

起き上がったデブリに拳法の拳を連打する。

「打！打！打！打！打！打！打！打！打！打！打！打！打！打！」

面突き、胴突き、面横打、胴横打、外打き、斜打・・・。

デブリの体の全面を立て続けに襲う東京タワーによる連打。

「そうだ、オレは戦える！　オレはまだ戦えるんだー！」

最後にはアッパーカットのように大振りな面揚打を決め再びデブリを吹き飛ばす。

それでも倒れたままでまだ動いているデブリ。

「クギ爺、こいつはどうやったら御臨終なんだ？」

「こっちでも探しているが、体のどこかに中枢となるコアがあるはずじゃ」

モニターにデブリの全身をスキャンし解析を進めているカンナ。

ミミゾー待っててね。あたしも頑張ってるから。

打！打！打！打！打！打！打！

カンナは心の中で叫びながらキーボードを打つ。

「よし、もうちょっとだけ遊んでやるぜ」

デブリは触手で引っこ抜いたビルを使い、近づいてきた東京タワーの脚を強打する。

「うっ、こいつ！」

東京タワーは何とか倒れずに踏みとどまるが、デブリの触手による連打が襲う。

素早い拳法の動きでその全てを華麗に避ける東京タワー。

「避！避！避！避！避！避！避！避！」

「ミミゾー、銃もあるんだぞ！」

自由に動ける嬉しさのあまり素手で戦うことに夢中になっていた。

「そうだ、大事なオモチャを忘れてたぜ」

東京タワーはデブリの触手による攻撃を避けながら、左右の腕それぞれの袖下から銃が飛び出し両手に握られる。

「よし、弾！弾！弾！弾！弾！弾！弾！弾！弾！弾！弾！弾！」

東京タワーは拳法の形に銃を組み合わせた〝ガンフーアクション〟で攻勢する。

しかし、脚を狙った触手を避けてジャンプし空中回転しながら銃を放ったところ、着地で脚をぐねってしまい仰向けに転んでしまう。

「あうっ！」

「ミミゾーーー！」

立ち上がって悲鳴を上げるカンナ。

「脚への強打が効いたか」

クギ爺は、デブリが東京タワーの脚が万全でないことを見抜く分析力・解析力を持ち合わせていることの末恐ろしさを実感していた。

そんなクギ爺も、自身が関わったはずの東京タワーの重要な歴史を見落としていた。

「チクショー、脚が・・・いうことききかねえ」

デブリは倒れたままの東京タワーを襲うことなく背を向けて離れて行く。

「おい、どこへ行く！」

東京タワーは腕で地面を支えて起き上がろうとするが、今度は起き上がった勢いのままうつ伏せに倒れてしまう。

「クギ爺、なんでデブリはとどめを刺そうとしないの？」

ミミゾーを心配しながらもカンナはデブリの戦いへの消極性が気になった。

「倒れた東京タワーには高さがない。標的から外したのじゃろう」

「でも、このまま放っておくと・・・」

「東京の街が壊滅する」

そんなことがあってはならない。

東京の街がデブリに破壊されることなど、ロボビルドとなって戦う東京タワーが負けることなど絶対にあってはならないと、クギ爺は自分に言い聞かせた。

新米大工で参加していた工事の頃を思い出すクギ爺。

自分が建てた東京タワーとは戦後の日本人を奮い立たせてきた象徴に違いなかった。

人々が下を向いてしまいそうな辛い時も、いつも見上げれば明るく照らしてくれる存在なのだ。

東京タワーがこのままで終わるなど断じてありえない。

何か方法があるはずじゃ！　絶対に何かが！

「そうだ！　クギ爺、確か・・・」

カンナはスピーディーにカタカタと東京タワー建設の歴史について検索する。

「東京タワーの建設中は材料の鉄骨が足りなくなったんでしょ？」

「そうじゃ、なにせ四千トンもの鋼材が使われているからな・・・むっ！」

東京タワー建設時に起こった材料の鉄不足という大きなアクシデント。

それを回避したのが・・・そうじゃ、思い出した！

それがまさか、ロボビルドとなった東京タワーにも反映されているというのか？

「くそ・・・」

もがき苦しみ立ち上がれないでいる東京タワーにクギ爺の声が届く。

「ミミゾー、立つな！　座れ！」

「は？」

「車椅子に座るんじゃ！」

ざけんじゃねー、何言ってやがる。

「これで降参しろってか」

ミミゾーは言われるがまま車椅子に座る。

「それで漕ぐんじゃ！　漕いで走れ！」

「んったく、何させようってんだ」

仕方なくミミゾーは車椅子を漕ぐ。

「漕・・・漕・・・漕・・・漕・・・」

「ロボビルドには建物の歴史が反映されておる」

「それは聞いた。で、どうなるってんだ」

「東京タワーの工事で鉄骨が足りなくなり鋼材として代わりに溶かして使われたもの。それは、朝鮮戦争でアメリカ軍が使った・・・戦車じゃ‼」

「漕！漕！漕！漕！漕！漕！漕！漕！漕！」

東京タワーはヒトの形をした二足歩行型から戦車に変形して突っ走る。

赤い戦車になった東京タワーが前方にデブリの背中をとらえる。

「よし、デブリは気づいていない。ミミゾー、戦車なら何が搭載されているかは分かるな」

「ああ、派手に大砲、ぶっぱなしてやるぜ！」

「背中の黒く光っているコアを狙って！」

「命中すればそれで終わりじゃ！」

デブリの姿が近づくにともないミミゾーの脳裏に事故の記憶が甦る。

「オレの敵があのチンケなデブリだって？　小せえ、小せえ、冗談じゃねえ。オレの敵はもっとでけーんだよ！」

「ミミゾー？」

カンナはミミゾーの声を聞いて驚く。

「人類に夢を抱かせる宇宙。人類に希望を持たせ飛び立たせる宇宙。そして、オレの家族を奪った宇宙。・・・オレの敵は宇宙だ！」

「あいつは一体、何を・・・」

ミミゾーの言葉に唖然とするクギ爺。

「だから決めたんだ。オレは宇宙を壊す！　オレは宇宙を・・・ぶっ壊す‼」

驚きながらも冷静に受け止めるカンナ。

強い覚悟と信念を持った狂気の表情のミミゾーが大砲の照準器で狙いを定める。

「よし！　これで、ジ・エン・・・なにっ⁉」

その時、背後から疾風のように現れ、戦車となった東京タワーを踏み台にし高くジャンプする影を見る。

「誰だ！　オレを踏み台にしやがって！」

太陽を背負った白い影は空中で下降しながら勢いをつけ、華麗な二刀流の剣でデブリを一瞬にして八つ裂きにする。

「お前は・・・」

「あれは・・・」

ミミゾーとカンナにはそれが何かは分かったが、ロボットとして現れたことに驚いていた。

煙に包まれ颯爽と地上に着地し二刀を鞘に収めて立ち上がる六百三十四メートルのロボット。

それはまさしく、世界一の高さを誇る電波塔のロボビルドだった。

「東京スカイツリー‼」

クギ爺だけは東京スカイツリーもまたロボビルドであることを知っていた。

そのロボビルダーはまだ建設中だった十年前から育成されていた。

東京スカイツリー編

起動五千四百七十九日前　絶縁

「だから父さんの仕事の仕方は古いと言っているんです！」

「古いのは認める。だが、お前のやり方はたとえ新しくても絶対に間違っている！」

クギ爺は夜遅く帰ってきた息子のヤスリと口論していた。

家庭に仕事は持ち込まないという流儀はこの浅草の家には通用しない。

大工棟梁の父親と一級建築士の息子。

息子が設計した家を父親が建てる。

今までは照れもあって避けてきたが、共通する知り合いの輸入会社社長の家を建てるとあって施工主直々に仕事を依頼されたクギ爺とヤスリ。

しかし、現場の職人たちが予想していたとおり親子の争いは起こってしまった。

クギ爺の立腹の原因は、ヤスリが工事を進める現場に来ないことにあった。

ヤスリとしては設計に関しては工事開始前には終えるため、いつもそうして来たように工事が始まれば新たな物件の設計に取り掛かっていた。

「設計通り円滑に工事が進んでいるか現場で確かめないといかんだろ」

「それは写真とムービーで確認していますから問題ありません」

「しかし、現場じゃないと目が届かんところもあるじゃろう」

「指示を出しながらライブ映像でも見ていますので大丈夫です」

クギ爺はため息をつく。

「じゃあ、京都から自ら畳を運んできた職人が家族の生活動線を調べ部屋のどの部分にどの畳を敷くか一日かけて考慮していたことをお前は知ってるのか?」

「いや、それは、和室に京たたみを敷くことしか・・・」

「障子貼りの新米が親方から教わっていないのに、各部屋の風の流れを調べ糊の濃度を変えていたことを知っているのか?」

「いえ、そこまでは・・・」

「瓦職人が立川談志の真似で落語し昼休みの現場を和ませたことを知ってるのか? 現場で一番恰幅がいいのに身軽なとび職人の仕事ぶりは見たのか? 元Jリーガーの鍛治工が社長のお孫さんにサッカーを教えてリフティングを十回連続で成功さして皆が万歳して喜んだことをお前は知ってるのか? そもそも現場で働く職人たちの名前を知ってるのか? 全員の顔を知ってるのか? 顔を合わせ目を見て挨拶はしてるのか? どうなんだっ!!」

隣の部屋から泣き声が聞こえる。

一歳になるクギ爺の孫娘でヤスリの娘・カンナを起こしてしまったようだ。

「僕は僕の仕事を全うしているつもりです。父さんとの仕事はこれを最初で最後とします」

「・・・分かった。それだけは気が合ったな」

本当はこの日、クギ爺は半世紀以上もの間、出動待機を続けている東京タワーのロボビルダーを引き継いでもらうつもりでヤスリを家に呼んでいた。

しかし、そこに話が及ぶ以前に親子は袂を分かつことになった。

起動五千三百八十二日前　渡米

大工棟梁の父・クギ爺と一級建築士の息子・ヤスリ。

その親子の絶縁から三か月後、ヤスリは建築設計事務所をワシントンＤ.Ｃ.に移した。

もちろん、アメリカに居ても日本からの発注は来て仕事も出来るが、クギ爺に繋がりそうな知り合いの多い浅草の仕事は遠慮させてもらっている。

一人娘のカンナを日本に残して預けることに関してはクギ爺に頭を下げてきた。

もともと、妻がいなくなってからカンナはヤスリより多く家にいるクギ爺に懐いていた。

妻のエリノはカンナを出産し、退院後すぐに失踪をした。

建築士となって初めてもらった給料で銀座に天体望遠鏡を買いに専門店に行ったとき、いろいろ相談に乗ってくれた星に詳しい店員がエリノだった。

付き合っていた頃から彼女が星空を見て哀しそうな表情をするのが気になっていた。

その時は話しかけてはいけない雰囲気も漂っていたため一度もそれを指摘することはなかった。

理由は分からないが、きっといつか、ふっと消えていないくなる気配は感じていた。

写真など自分と過ごした日々を記録したものも全て持ち去ってしまったことには驚いたが。

カンナから母親と認識される前にいなくなったのは娘への唯一の愛情だったのかもしれない。

起動五千三百六十六日前　新東京タワー

ヤスリが渡米してから間もなく、東京・墨田区で大規模な建設事業が始まった。

「新東京タワー」の仮称で計画が進められている新しい電波塔。

完成すれば自立式で世界一の高さとなり、東京タワーの約二倍の高さを誇る六百三十四メートルにもなるという。

クギ爺は工事に関わっていないが建築業界の後輩たちが多く携わるビッグプロジェクト。

戦後の高度経済成長期に工事が行われた東京タワーとは託される想いがまた異なり、どこか自信を失ったようにも見える平成の日本人の顔を上に向かせる、新時代の希望の塔だ。

そんな大規模な建設現場を見るたびにクギ爺はあの時の悔しい想いが蘇る。

それは東京タワーの建設中に起こった人身事故だった。

強風に煽られて高所で作業中だった仲間のとび職人の一人が落下。即死だった。

「俺は東京に日本一の塔を建てに行く。完成したら切符を送るから一緒に登ろう」

建設現場からほど近い増上寺で葬儀を行ったとき、長野から来た両親に、上京前に息子からそんな約束をされていたことを打ち明けられた。

建築の歴史とは建設工事の歴史の上に成り立っている。高い建物が建てられるようになったのは、それだけ建設工事においての安全管理も進化してきたからに他ならない。

新東京タワーの工事の安全を祈願する定礎式が行われた日、クギ爺は離れた場所から一緒に完成までの無事を祈った。

もちろん定礎にはロボットへの変形起動装置も正常に組み込まれていることを確認した。

「新東京タワーのロボビルダーを育てていただけませんか」

十八歳だった半世紀前の東京タワー建設時、「ロボビルダーになってほしい」と依頼したヒイラギは久々にクギ爺のもとを訪れそんな依頼を残していった。

その時もどこの国のものか分からない服をまといレンズが真っ黒なサングラスをかけていた。やはり性別は分からず、五十年経って自分が年齢を追い抜かしてしまったのかと思えるほど、ヒイラギの顔や体型や声、ファッションを含む姿形は記憶の限りまるで変わっていなかった。

それより気になったのは依頼の言葉だ。

東京タワーに〝新〟が付くぐらいだから、新東京タワーもロボビルドの機能を備えた塔として建てられることは納得だ。

しかし、ヒイラギはそのロボビルダーを〝探す〟や〝見つける〟ではなく、確かに〝育てる〟という言葉を使った。

東京タワーの約二倍もの高さになる新しい塔を操るには、早くから適任者を見つけ、そのうえで専門的な戦うスキルを身に付けさせることが求められているという。

それを依頼しに来たのは、今も自分が東京タワーのロボビルダーとして出動待機中であることを意識させる目的もあったのだろう。

まがい者のようなみてくれのあのヒイラギという者に自分は担がれているんじゃなかろうか。

そう思ったときはいつも内藤多仲先生の書いたロボビルドの設計図を見直し姿勢を正す。

クギ爺は東京タワーのロボビルダーの後継ぎ探しも念頭におきながら、墨田区の工事現場に通い続けた。

起動四千四百八十五日前　　　ムサシ

工事開始から二年半経ち、新東京タワーの正式名称が「東京スカイツリー」に決まった。

命名案を一般公募し一万八千六百六件の名前が集まりそこから絞った六つで全国投票。

約十一万の投票数のうち最多の三万二千六百九十九を得票したのが東京スカイツリーだった。

「ツリー＝木」には人々が心を寄せ合う豊かなコミュニティのシンボルでもあり、世界の人々が集い新しい文化が創造されていくことの意味が込められているという。

日々、高い空に向かって人々の想いとともに成長していく東京の大樹。

植物に水をやるようなメッセージも感じられる塔は完成前から都民に愛されている。


日本電波塔の正式名称「東京タワー」は、その発表時、戸惑いの声もあった。

名称の公募に八万六千二百六十九通が寄せられ、一番多かったのが千八百三十二通の「昭和塔」だったが、塔の完成直前に開かれた名称審査会で、弁士・漫談家・俳優・作家など様々な肩書きを持つ戦後メディア界の寵児ともいえる存在だった徳川夢声が、昭和塔より千六百以上も下回る二百二十三通が集まり十三位に記されていた名前を指して言ったという。

「ピタリと表しているのは『東京タワー』を置いて他にありませんな」

そんな鶴の一声から戦後日本を象徴する塔の名前が決まったと伝えられている。

弁士・徳川夢声の代表作として伝えられているのは、第二次世界大戦中に戦意高揚の目的も担いながらＮＨＫのラジオ朗読劇として放送された吉川英治原作による『宮本武蔵』だ。

しかし、選者という立場ながらも、あの時、戦後復興を越えて世界的な成長を目指す日本の首都東京への期待を込めた空気感から言葉の響きと新しさを汲み取り、下位にあった「東京タワー」を拾い上げて推した英断こそが氏の一番の功績なのではともクギ爺は思っている。


その日、クギ爺は三歳になったカンナを保育園に送った後、数十回目となる東京スカイツリー工事現場の視察に訪れた。

建物は建設時の風景にも価値がある。工事中の今日のスカイツリーは今日しか見られない。

この日は放送用アンテナ設備を取り付けるための柱の役割をするゲイン塔がリフトアップされ、ついに東京スカイツリーは五百メートルの高さを越えた。

もちろん、クギ爺の目的は工事の進行状況を観察することだけではない。

この頃になると工事の様子を見守る常連組は顔見知りとなり、建築界の界隈じゃ少しばかり名前と顔が知られていたクギ爺もときどき話しかけられることがあった。

そんななか、クギ爺はカンナと同じくらいの歳のよく見かける小さな男の子に話しかけた。

「工事を見るのは楽しいかね、少年」

「うん、どんどん大きくなるし」

「少年、名前は？」

「ムサシ」

「なんと！・・・ほんとか？」

東京スカイツリーを六百三十四メートルの高さにすることに決めたのは、東京都や埼玉県、神奈川県の一部を指した名称である「武蔵国」にちなんでのことだという。

しかし、もちろん塔には日本刀の特徴である反りのデザインが用いられていることから、必然的に江戸時代から今にその名を轟かせる伝説の剣術家「宮本武蔵」もイメージされる。

必然的に東京スカイツリーのロボビルドとしての戦い方も決まってくる。

「やっぱり驚きますよね、偶然なんですよ」

少年を引率していた二十代と思われる青年が近づき話しかけてきた。

「あ、お父さん？」

「ではないんです。まぁ、先生みたいなもので」

「じゃ、ムサシ君、寒くなったから帰ろうか」

「うん。・・・おじいちゃん、名前は？」

「クギ爺じゃ」

「私はタタラといいます」

「クギ爺、バイバイ」

「ムサシ君、バイバイ」

ムサシは手を振り、タタラ先生は軽く頭を下げてその場を去っていった。

起動三千三百九十七日前　東日本大震災

二〇一一年（平成二十三年）三月十一日十四時四十六分十八秒。

その瞬間〝この世の終わり〟を感じた人も少なくなかっただろう。

国内観測史上最大級となるマグニチュード九.〇の巨大地震が発生。

福島県いわき市では揺れが長きにわたり約百九十秒も続いた。

最大震度七の広域の揺れを起こし、全国で一万九千人を越す死者・行方不明者を出し、建物被害は全壊・半壊合わせ約二十八万棟に及んだ。

東日本大震災は、日本の土木・建築業界にとって〝想定〟を改める大きな転機となった。

日本では全ての工事は地震大国であることを前提に行われているが、東日本大地震の規模は前例のデータが全く当てにならなかった。

東京二十三区でも震度五弱を記録し、全壊・半壊は六千四百五十五戸を記録した。

もちろんその中には客が出入りする一般商業施設も多く含まれている。

クギ爺はすぐにロボビルドの二つのタワーの被害を確認した。

東京タワーは安全のためエレベーターを停止。

展望台にいた客は階段で降りて避難し幸いけが人は出ていない。

夜になってタワー頂上部のアンテナがわずかに曲がっている報告を受けた。

一時的にテレビ放送が見えにくくなったがすぐに修復改善が図られたようだ。

心配は倍の高さを誇る建設中の東京スカイツリーの方だっだが、建物も無事で約五百人の作業員に怪我がなかったことで胸を撫で下ろした。

しかし、東北を中心とした被害のあまりの大きさにショックを受け、クギ爺はカンナを強く抱きしめ、余震が続く夜まで震えて過ごしていた。

起動三千三百九十四日前　五重塔

ビルが揺れに壊され、家が津波に流される。

悲観に暮れながらも、未来のために新しい塔は建てなければならない。

東京スカイツリーの工事が無事に再開されていることを聞き、クギ爺は震災後初めて現場の見学に訪れた。

先日会ったムサシとタタラ先生も同じ日に見に来ていた。

「あんなおっきいのになんで倒れなかったの？」

ムサシの疑問は多くの日本人と同様で、東日本大震災は東京スカイツリーで採用されていた画期的な地震対策の効果を知らしめる機会となった。

画期的ではあるが〝最新〟ではないのがポイントだ。

「ムサシ君は五重塔は知ってるかな?」

「うん、見たことある」

東京スカイツリーは内部に独立した心柱が建ち、地震などによるタワー本体の揺れを打ち消す働きをしている。その技術はもともと日本の伝統的木造建築である五重塔に採用されていたのものだった。

この〝体幹〟の強さはロボビルドでの戦いにおいても優勢となるだろう。

「さすが、浅草が誇る大棟梁のクギ爺さん。丁寧な解説ありがとうございます」

ムサシの保護者として〝付いて来ている〟ように見えたが、実はタタラ先生がもともと建物好きだったことも徐々にわかってきた。

「クギ爺さん、実はその〝心柱〟なんですけど、まだ建設途中だったみたいで・・・」

「それでこの強度なのか。いや、実に素晴らしい」

「でも、ゲイン塔の固定装置が外れてしまうアクシデントはあったみたいで、上にいた二十名の作業員は、一度、第二展望台に避難しながらも余震に備えててっぺんに取り付けに戻ってから無事に下まで戻ってきたようです」

「あの揺れの直後に登頂部まで上がったというのか。なんとタフな判断と作業なんじゃ。そうか、いずれにしろ頼もしい巨塔であることは確かじゃな」

頼もしいという表現はややロボビルドに寄りすぎていたとクギ爺はすぐに反省した。

そして、その後に耳にした、スカイツリーを見つめながらのムサシの何気ない発言は、それを見抜いているように聞こえてどきりとさせられた。

「ぼくもあんな大きく、強くなりたいな」

起動二千九百九十八日前　錯覚

ついに〝六三四〟の高さまで到達した東京スカイツリー。

クギ爺は五歳になったムサシとタタラ先生に予定を合わせ完成を一緒に見に行った。

「ほらー、やっぱり傾いてる。ずっと気になってたんだ」

「うむ、正しくは〝傾いてるように見える〟じゃな」

実際にスカイツリーが傾いているのではという多くの心配する声は、完成の日が近づくにつれて多く聞かれるようになった。

極めて特殊な塔体のデザインによる錯覚がその原因だった。

地上は三脚による三角形で日本刀のような〝そり〟がみられ、上にいくにつれ断面が円になるのだが、その中央部分は緩やかに膨らみ神社仏閣でよく見られる〝むくり〟が形作られている。

最先端の技術で造られていながら、そんな古からの日本伝統の造形美や知恵が掘り起こされ結集されているのが東京スカイツリーの大きな魅力でもあった。

実は東京タワーも完成間もない頃には「傾いて見える」という都民の声が多数集まっているこが新聞の記事に掲載されたことがあった。

調査したところ実際の傾きはなかったが「朝日に照らされると東側が伸び、夕日に温められると西側が伸びることが物理的にあるかもしれない」と紙上で専門家が回答していた。

クギ爺はそんな当時の東京タワーへの意見も、ムサシが東京スカイツリーに指摘してくれたことも〝近くから見上げてくれる〟ことへの塔への深い愛情を感じて嬉しくなる。

初めてその内部を見学する人々の興奮した笑顔から、昔の人々が大樹のもとに集うように、このタワーが永遠に愛され続ける未来を確信した。

「私のこと、やっぱり気になりますよね」

いつも同伴しながら家族ではないのが気になっていたタタラ先生。そもそも何の先生なのか。

ムサシが展望デッキの望遠鏡に夢中になっているとき、ベンチでお茶を持ってきてくれたタタラ先生はこちらがタイミングを伺う前に話してくれた。

「児童養護施設の保育士をしています。両親のいないムサシ君にとっての保護者のようなもので、ムサシ君から認めてもらってるかは分かりませんが親代わりであり先生の代わりです」

世界遺産をはじめとする世界各国の著名な建物を二十五分の一で再現して展示されている、栃木の日光にある東部ワールドスクウェア。

建物が好きなことから休日に遊びに行っていたタタラが園内で泣いている赤ちゃんを発見して以来、そのムサシの世話を続けているという。

「それは、どういう言い方が適切かは分からないが・・・」

「もちろん、捨てられたのでしょう。書き置きはありませんでしたが、服には〝ムサシ〟と名前が書いてありました」

ずっと一緒に過ごしているためかムサシも自然と建物が好きになったという
「ねえ、あれ！　あれ！」

ムサシが望遠鏡で何かを発見したようで2人を呼び遠くを指を指している。

雲の上に顔を出すこともある東京スカイツリーは天気のいい日は富士山が見えることで有名だ。

日本最高峰の建物から見る、日本最高峰の山の姿。

およそ百キロメートル先にある、高さ三千三百三十七メートルの山。

クギ爺は日本一の展望台から日本一の山を、ムサシとタタラ先生、二人と一緒に見られたことに幸せと希望を感じた。

起動二千九百六十五日前　計画

ロボビルドに関すること全てを、まだ五歳のカンナは知らない。

ムサシと同じ歳ということから一度は連れて行こうと思っていたが課せられた任務にとっての弊害になると思い、またクギ爺はスカイツリーで彼らと会うために一人で出かけた。

しかし、待っていたのはタタラ先生一人きりだった。

しかも、明らかに怒っている。

「クギ爺さん、ムサシにいいかげんなことを言わないでください」

先日、タタラ先生のトイレを待つ間、クギ爺は確かにムサシに言った。


「ぼくもあんな大きく、強くなりたいな」

ムサシは東日本大震災を経てもなお立派に堂々と立ち続ける日本一大きな塔を目の当たりにし、そうつぶやいたのをクギ爺はずっと心に秘めていた。

そして、先日、タタラ先生が離れて二人きりになった時に思い切って尋ねてみた。

「ムサシ君、そんなに好きなら君が東京スカイツリーになるか？」

「え、なれるの⁉」

「ああ、なれるとも」

どうやらムサシは帰ってからタタラ先生にその話をして困らせたらしい。

だが、怒られてしまった今こそが目的を打ち明けるいい機会だと思った。

溜まっている宇宙ゴミのこと。それが宇宙廃棄獣デブリとなって襲ってくる可能性があること。それに立ち向かうために東京タワーと同じように東京スカイツリーにロボットへの変形起動装置が取り付けられたこと。それで戦うロボビルダーを探していること。建物への関心・愛情があるムサシはその無敵の逸材になれるに違いないとクギ爺は捲し立てた。

「……………」

タタラ先生は返答する言葉を探しているようだった。

「さすがに初めて聞いて信じるのは無理じゃろうがな」

「私はクギ爺さんのことは信用しています。でも、ムサシ君はまだ五歳です」

「十年計画じゃ！」

クギ爺は両手の手の平を見せるようにタタラ先生の前に差し出す。

「十年？」

「その間に有事が起こったら東京タワーで対応する。だが徐々に強大になるデブリには必ず最新鋭のロボビルドである東京スカイツリーの力が必要になる。それまでに育て上げたいんじゃ」

「・・・・・・」

タタラ先生は将棋の対局の長考のように目を瞑って考え続けシンプルな結論に達した。

「本人の意思を確認します」

クギ爺は喫茶スペースで立ち上がり深々と頭を下げた。

「どうか宜しく頼む」

周囲の目を気にしたタタラ先生はやめてくださいと慌てて席に戻らせる。

「それで、本人がぜひと言った場合はどうすればいいですか？」

「その時は、まず富士山に登ってもらう」

「はい？」

起動二千八百九十一日前　断念

「Because it is there.」

一九二三年（大正十二年）、ニューヨーク・タイムズ紙からのインタビューで「なぜあなたはエベレストに登るのか？」の質問に短くそう答えた登山家のジョージ・マロリー。

その言葉は「そこに山があるから」と訳され、目先の小さなことにとらわれず山の頂上を目指しただ一生懸命に登ればいい、と哲学的な意味合いで現代に伝えられている。

しかし、ロボビルダーを目指す覚悟のために登るムサシと違い、保護者として同伴するタタラにしてみればクギ爺に言われて仕方なく、という理由しかない。

実は東京スカイツリーのデザイン設計チームはプロジェクトを前にまず登山を行っていた。

もちろん、チームの団結力をより強固にするための理由もあったのだろうが〝高さ〟を実感する必要も感じていたという。

〝高い〟とはどういうことなのか？　なぜ人はより高い所を目指すのか？　そして登りきった先には何があるのか？

その取り組みは大きな意識改革に繋がり塔の完成した姿からも意義があったことが伝わる。

ムサシはクギ爺からのロボビルダーの依頼をすんなりと引き受けた。

富士登山のために下半身を鍛えようと、毎朝幼稚園までの道のりを遠回りしタタラとともにウォーキングを開始。道を調べ毎日数百メートルずつ少しずつその距離を伸ばしていった。

夏休みに入って間もなくその本番の日を迎えた。

だが、ムサシの前のめりな気持ちにタタラは追いついていなかった。

「タタラ先生、今日の登山はやめようよ」

「どうして？」

それはタタラが東京から運転する三時間の車の中からもただならぬ気配として漂い、五合目から登り始めて間もなく立ち止まったムサシからそう告げられた。

「先生はいやいや登ってる」

「えっ？」

「ぼくには分かるよ。そんな気持ちじゃいやなんだ」

確かに〝いやいや〟は当たっている。

だが・・・怖い。初めてだ。

なんでそんなことを五歳のムサシから言われなければならないのか。

その命を救い出し、今日まで精一杯の愛情を注いで育ててきたムサシに。

「今の先生と一緒に登るなら、ぼく一人の方がいい」

もちろん、そんなことはさせられない。

今回の富士登山はやむなく断念した。

起動二千八百五十六日前　ライバル

およそ一か月後、ムサシとタタラは富士登山の再挑戦をした。

ムサシのために子供にも適した初心者向きの吉田ルートを選んだが、タタラにしてみればそのルートこそ江戸時代から多くの登拝者が辿った〝本道〟とされてきたことがその理由だ。

タタラは勝手に言葉を誤訳させ、〝本道〟とは〝本気の道〟と解釈した。

誰かのためじゃない、自分のための富士登山。

保護者として山に登るという気持ちを入れ替え、自身の目的のために登る。

それは、この登山でムサシにもきちんと伝えなければならない。

ずっと抱えていながら表に出してはなるまいと押さえ込んでいた目標だ。

もしかしたら、その思いをムサシはもう感じとっているのかもしれない。

「タタラ先生、〝おしゃべりしりとり〟やろう。幼稚園ではやってるよ」

「しりとりでお話しするんだね。よし、やろう！」

「先生、今日楽しそう。なんかあった」

「楽しいのはムサシ君と一緒に山登りしてるから」

「ら、ら、ら・・・ラッコはかわいいね」

「ネコだってかわいいよ」

「よ、よ、よい天気でよかったなあ」

二人は左側に山中湖を望んで登っていた。

天気は体調に関わるだけでなく景色の眺めを左右するため気力が大切な登山においては重要だ。

再挑戦となった今日は前回よりも天気が良いのが幸いだった。

「あしたの天気もきっといいはず」

「〝ず〟は？〝す〟でもいい？」

「そうだね、てんてんのときは無くてもいいよ」

「すきな食べものはなんですか？」

「かたくないおにく」

「くさいもの好き？」

「きらい」

「いま、どのくらい？」

「いま、一時間ぐらい登って六合目だね」

「ねえ、しりとり休憩していい？」

「いいよ」

ムサシが体ではなく頭を使うことに疲れているのがよく分かった。

「じゃあ、今度はおしゃべり禁止ゲームだ」

自問自答するように黙って登るのも富士登山の一つの作法である。


存在そのものが信仰・崇拝の対象でもある霊峰富士。

山の神を嫉妬させてはならないなどの理由から富士山はかつて女人禁制だった。

女人結界が解かれたのは明治時代だが、実は江戸時代に男装をして登った女性が存在する。

目立たぬよう髷を結って登頂を果たした彼女の覚悟とはどんなものだったろう。

自身も覚悟を背負い登っているタタラはその想いを重ねてみたりした。

「ハァ・・・ハァ・・・ハァ・・・」

考え事をしていたため、ムサシの変調に気づくのが少し遅れた。

そう、ムサシは昔から、苦しいこと、悲しいこと、痛いことを口に出して伝えないのだ。

「ムサシ君、どうした？　どこが苦しい？」

幸い七合目の救護施設が近くにあり慌てて駆け込んだ。

軽い高山病との診断を受けしばらく安静にしていた。

登山前の体調は確認し合間にこまめに休憩はとっていたが、水分補給や深呼吸など予防策が万全ではなかったかもしれないとタタラは反省した。

少し休んで回復はしたが、あとは本人の気力次第だ。

「ムサシ君、このまま登る？　それとも下りる？　どうする？」

決断を迫られたときは、ムサシ君の意見・意思を尊重するように。

富士登山に際しクギ爺から事前に言われていたことは、そのただ一つだ。

しかし、それは、ムサシをロボビルダーにするにあたっての教育指南だ。

だったら、今こそきちんとムサシに自分の決意表明をする必要がある。

「ムサシ君、今こんなことを言うのもヘンだけど、聞いてね」

「・・・なに？」

「先生も東京スカイツリーのロボビルダーを目指す」

「・・・え？　じゃあ、ぼくと同じだよ」

「そうだ」

「タタラ先生と同じなの、うれしい」

「先生も嬉しいよ」

「富士山・・・登ろ」

ムサシは分かっているのだろうか。

東京スカイツリーのロボビルダーになるのは一人だけだということを。

それとも挑戦状を叩きつけられているのを理解して〝うれしい〟と言ったのか？

一対一のライバル。

だからこの富士登山においての私は引率者でも保護者でもない。

そもそも、私が工事中のスカイツリーの見学に連れて行ったのが始まりなのだ。

五歳の少年に張り合うのもおかしいが建物に対する知識と愛情は負けていない。

タタラはムサシの体調を気にして登らなければいけないはずが、何を考えているのか分からないムサシの胸中にずっと気を取られながら登っていた。

八合目に到達。

仮眠をとるために予約していた目的の山小屋に着いた。

二人で汗をかいた服を着替え夕食のカレーライスにありつく。

ムサシがニンジンをとったスプーンをノールックのすまし顔でタタラの皿に入れる。

「フフ、フフフ」

いつもの儀式をここでも当たり前に行い笑い合う二人。

ムサシが元気を取り戻した理由は、先の救護手当か、タタラのライバル宣言か。

少しでも体を休めた方がいいのだが眠れずに、二人は雑魚寝で横になったまま顔を合わせ、小声でおしゃべりしりとりの続きをすることにした。今度のタタラの先行だ。

「あしたは頂上だね」

「ネコはいるかな」

「なかなかいないと思うぞ」

「ゾウはいるかな」

「なかなかいないと思うよ」

「よ・・・よかった、富士山に来て」

「天気も良かったし」

「しかも先生もロボビルダー目指すから」

タタラは口に手を当て〝シー〟のポーズをする。

「ライバルだ」

「だよね」

「ネコはいるかな」

「なかなかいないと思うぞ」

「ゾウはいるかな」

「フフフフフ〜」

微笑み合ってそのまま、二人はわずかばかりの仮眠をとった。

起動二千八百五十五日前　御来光

山頂で御来光を見るために未明のうちにヘッドランプをつけて出発した。

光の列が幻想的な美しさをつくるなか一歩一歩足元に注意して登っていく。

急坂を登り九合目を過ぎると岩に捕まって登らなければいけない難所にもぶつかる。

そして、最後の石段を一段ずつ噛み締めて登り、狛犬が見守る鳥居を抜け頂上に着いた。

ちょうど御来光ショーの幕が上がったばかりで地平線が紫に色づき始めていた。

タタラはムサシの体を冷やさないよう抱きしめ、二人はオレンジ色に輝く光をじっと見ていた。

「万国の博覧会にもち出せば一等賞を取らん不尽山」

「なにそれ？」

「正岡子規っていう人の短歌だよ。万国博覧会に富士山を出せば一等賞をとるだろうって」

「でも、持ってけないよ」

「そうだね、だからしっかりここで見ていこう」

今年の夏、二人でこの景色を見るきっかけを作ってくれたクギ爺に感謝しなければ。

「ムサシ君、これ、何か思い出さない？」

下山の前に噴火口の周りを一周する〝お鉢めぐり〟を体験する二人。

だが、ムサシはタタラの問いには答えられない。

「ほら、東京スカイツリーで・・・」

「あ、あそこでも一周して景色見たんだよね」

「そう、あの展望回廊はこのお鉢めぐりをイメージして作られたんだ」

「へー、すごい」

これもクギ爺の受け売りだ。感謝しなければ。

そして、私もロボビルダーを目指すことを伝えなければならない。

無事に下山を終えてからの帰りの車中。

立ち寄り湯で疲れを取っていこうと思ったがムサシがあまりにぐっすりと寝ているため、そのまま東京に帰ることにした。

私には〝思い出〟だが、彼にとっては〝成長〟した体験だったに違いない。

砂で真っ黒になった小さな耳の穴が愛おしく、頼もしかった。

起動二千八百五十三日前　落盤

タタラは電話でクギ爺に富士登山の達成と無事を報告。

そして、自身もロボビルダーを目指して良いかと確認した。

「わかった」

エントリーを許してくれたことに感謝したいが、こちらが覚悟を決め勇気を振り絞って伝えた割にはあまりにそっけない返事で拍子抜けした。

実はその早朝、アメリカからの国際電話による訃報にクギ爺とカンナは驚き、激しく嗚咽したばかりだった。

クギ爺の一人息子、カンナの一人親、ヤスリが建設現場の落盤事故で死亡した。

起動二千八百二十七日前　手帳

一か月後、浅草の家にワシントンのヤスリの設計事務所の部下である日本人スタッフが事故の報告に訪れた。

ベトナム・ハノイでの大型商業施設の建設工事で起こった落盤事故の犠牲者は、日本人は一人で現地に入り滞在を続けていたヤスリのみ。

あとは地元からはもちろんアジアを中心とした各国から集まった作業員で、死亡が確認されたのは二十七人で行方不明者は三十九人にも及んでいた。

「フン、滅多に現場になんか行かないくせに運のないヤツだ。実地調査もいいかげんなものだったんだろ、全部他人任せで」

「クギ爺！」

カンナは五歳ながらクギ爺の憎まれ口が度を過ぎていることを感じた。

「どうせ一緒に亡くなった作業員の名前すら誰一人知らなかったんだろう」

「ちょっと待ってください。お父様は一体誰のお話をされているんですか？」

いいかげんに我慢できなったようで部下の男が口を挟んだ。

「私の知っている建築士でヤスリさん以上に現場に行く人はいませんよ」

「え？」

「今は工事の状況もリモートで確認を済ませる人が多いんですけど・・・、私もよく怒られましたよ。お前は一人一人の職人の顔をちゃんと知っているのかって」

「まさか・・・」

「そうだ、これを忘れないうちに。ヤスリさんの遺品のシステム手帳です」

部下から手渡されたシステム手帳の革カバーは元が何色か分からないほど年季が入っていた。

それは埃まみれ、土まみれ、砂まみれ・・・様々な現場で持ち歩いてきた証でもあった。

「後ろの付箋が貼られたページを見てください」

そのページには様々な外国語の翻訳がヤスリの手書きで記されていた。

「これは、挨拶の・・・」

「そのようです。中国語、韓国語、タイ語、ベトナム語、インドネシア語・・・出身地もバラバラな作業員一人一人に挨拶するために〝おはよう〟〝元気？〟〝お疲れさま〟などの言葉を一通り覚えていたみたいです。各作業員の名前の横に書かれている数字はそれぞれの誕生日だと思われます。なにしろマメな人でしたからね」

カンナはお父さんのヤスリが褒められているらしいことは理解できたが、声を震わせるクギ爺の心の変化まではよく分かっていなかった。

「ほんとうに・・・ほんとうに・・・親不孝なヤツだ」

クギ爺からヤスリのシステム手帳を奪いパラパラと開いてみたカンナは、その中にイタズラ書きのようにロボットの絵が描かれているのに気づいた。

クギ爺が悲観に暮れているのが分かったためカンナはそれを伝えるのを辞めておいた。

起動二千六百四十四日前　五輪書

カンナが毎朝ランドセルを背負って出掛けていく春を迎え、同じく小学校入学をはたしたムサシとタタラ先生にクギ爺は久々に東京スカイツリー下のベンチで会う約束をした。

タタラから二月にここの展望台から見たという「ダイヤモンド富士」の写真を見せられた。

富士山頂から太陽が昇る瞬間と夕日が沈む瞬間、まるで宝石のごとく太陽がダイヤモンドのように輝く光景が見られる、年に二回しかチャンスが訪れないダイヤモンド富士。

今年は気候条件が良くスカイツリーからも鮮やかに拝むことが出来たようだ。

「ムサシ君、タタラ先生、二人にこの本を受け取ってもらいたい」

「これは・・・五輪書?」

クギ爺はそれぞれに一冊ずつ『五輪書』を手渡した。

「その通り、江戸時代の伝説的剣豪・宮本武蔵が書き残した戦いの極意書じゃ。宇宙を構成する、地・水・火・風・空の五大要素から記されているため『五輪書』と名付けられている」

「あの、宮本武蔵の?」

ムサシも名前のつながりから宮本武蔵のことは知っていたようだ。

「そうだ、ムサシ君と同じ名前の宮本武蔵の本じゃ」

しかし、タタラ先生は本をパラパラと開き疑問符を浮かべたまま。

「それを、なんで・・・」

「スカイツリーのロボビルダーを目指す二人には、これから心と体で宮本武蔵を学んでもらう」

「心は五輪書だとして、体で宮本武蔵を学ぶというのは・・・?」

「〝武蔵〟の愛称のとおり東京スカイツリーが変形するのは剣豪型のロボットじゃ。それもただの剣豪ではない。〝我朝において、しるもしらぬも腰におぶ事、武士の道也。此二つの利をしらしめんた

めに、二刀一流といふなり」」（宮本武蔵『五輪書』地之巻より）

もちろん、ここにいるムサシはまだ理解していない。

「武士は刀と脇差の二本を腰にさしている。ならば片手に一本ずつ持って戦うのは当たり前。そう、二人がこれから身に付けるのは、二刀流の剣術じゃ！」

持っていた傘と杖で勇ましく二刀流のポーズを決めるクギ爺。

「二刀流・・・」

周囲からやや目立っていたが、ムサシとタタラは真剣な眼差しでクギ爺の姿に見入っていた。

起動二千六百十三日前　二刀流

ムサシのように小学一年生で剣道を始めるのは特別早いわけではない。

しかし、それが二刀流となると事情は異なる。

二刀流専門の公式大会は無く一般の剣道の大会に紛れ込んで出場することになるのだが、全日本剣道連盟の規則では二刀で試合に出場できるのは十八歳以上に限られる。

そのため、幼い頃から二刀流に興味を抱いて道場に入っても、まずは一刀を練習すること、一刀でそれなりに力を付けてから二刀流の道に進むことを考え、道場側もそれを推進する。

どこかで誰かが二刀流に偏見を持ち〝邪道〟であると決めつけているのだ。

それに、一刀を極めた者、試合で成果を出した者が、かつて憧れを持っていたとしても改めてわざわざ二刀流で再スタートをしようとは思わない。

それでは二刀流の衰退は免れない。

クギ爺がそんな現状を目の当たりにし道場探しに苦労していたところ、東京・荒川区の道場にそんな同じ想いを抱いているアズサワという指導者を見つけた。

アズサワは晩年の宮本武蔵が「五輪書」を書き残した熊本の出身だった。

その存在に憧れ、地元でも武蔵は尊敬されていたが、その剣法を剣道に取り入れることは歓迎されることなく、二刀流への偏見と戦い続けながら地元で剣の道を歩んできた。

アズサワが地元マスコミで注目を浴びたのは女性剣士だったことも大きい。

彼女が試合に出れば誰からも「女武蔵」と呼ばれ好奇の目を浴び続けてきた。

そして、強くなるほどに〝邪道〟という言葉も多く耳に入るようになった。

社会人で県大会の優勝を収めたとき表彰式で観客席からブーイングを受け、その二日後、左手の三本の指を切断し現役引退を決めた。

家の印刷工場の機械に指が巻き込まれての事故だと本人は言ったが、クギ爺が追及すると涙し、当時わざとローラーに手を突っこんだことを告白した。

噂話に振り回されるのに疲れて上京し、荒川の剣道場に務めて六年になるという。

クギ爺が頼み込むとアズサワは快く、かつての自分のように二刀流を目指す青年と少年の指導を引き受けた。

もちろん、ロボビルドのことは秘密にしたままで。

起動二千六百七日前　邪道

二刀流といっても基礎は一緒で、まずは〝ナンバ歩き〟の稽古から。

道着の袴姿による歩き方として理になかっているだけでなく、〝腰を入れる〟ような歩き方からおのずと体幹を意識させられる。

二刀を操るなら腰の力、体のバランスはより重要だ。

二刀流というと二刀を巧みに操ることで一本を取ると思われるが、実は右と左、一本ずつが独立した片手刀法としての形を成し、どちらかの介助が無かったとしても一本を取ることが出来る。

そのために大切なのが一刀ずつの素振りだ。

大刀は百十四センチ以下、小刀は六十二センチ以下。

その長さも重さもムサシにしてみれば相当な負担であることは確かだった。

「最初から二刀流としての稽古を付けていただけるんですね」

一本の竹刀による稽古から始まるとばかり思っていたタタラは驚いた。

「そのために来たんでしょう。二刀流を目指すのにまずは一刀からなんて、それこそが邪道よ」

アズサワは満面の笑顔で答えた。

起動二千五百七十二日前　ぷるぷる

「まだまだ早いです。もっとゆっくり振ってください」

一か月たっても片手素振りがぎこちないムサシとタタラに、アズサワは『五輪書』の教えを説いた。

「太刀をはやく振らんとするによつて、太刀の道をかいてふりがたし。太刀はふりよき程に静かにふる心也」（宮本武蔵『五輪書』水之巻より）

ムサシはもちろん、タタラも片手素振りを重く感じ全く形が出来ていないのは、力を使って早く振り抜こうとしていたのが原因だという。

早く振ろうとすれば太刀の道を逆らって振ることになる。刀はゆっくり振るもの、そう宮本武蔵は書き残していた。

しかし、騙されたと思いながらゆっくり振ってみると、これがまたきついのなんの。

すぐに腕の筋肉が耐えられなくなりぶるぶると震えてくる。

体力も集中力も続かずその日は二十本も振ることが出来なかった。

起動二千五百三十三日前　　ビュン

週三回の稽古で続けてきた、毎回五十本の〝ゆっくり素振り〟。

五か月後、ムサシとタタラのその片手素振りにある変化が見られた。

あれ、どういうことだろう。

きつくない。竹刀が全く重く感じない。

ビュン！

いつものようにスローモーションのような動作で素振りをしていた竹刀が突然、空気を切った。

もう一度やってみた。

ビュン！

もう片方の手による素振りも同様だった。これが宮本武蔵の教えなのか。

腕力や筋力で竹刀の重さをねじ伏せて振るのではなく、重心を意識して素直に竹刀を下すだけでこうも変わるものなのか。数を重ねることでそのコツを体得した。

先にマスターしたタタラはもう少しのところまで来ているムサシにアドバイスした。

離れた場所で見守っていたアズサワが腕を組んで嬉しそうにうなづいている。

起動二千三百五十日前　　大会

両手に剣を持って振り回すその姿は強い者ほど〝剣舞〟のごとく美しい。

アズサワはタタラとムサシの成長を見ながら二刀流に憧れ始めたかつての自分が甦った。

面打ち、小手打ち、胴打ち、突きなどの剣道の基本の技に加え、二刀流ならではの十字の構えからの攻撃、片方の刀を意識させてのもう片方の刀での打ち込みなどの練習にも励んだ。

一刀でキャリアを重ねた人が二刀流になるとどうしても片方の刀が遊んでしまったり力が入りすぎてしまったり一刀時代の癖が出てしまうだが、それが皆無なのが気持ちいい。

生粋の二刀流として稽古を積んだその成果をいち早く公の場で披露したい。

まだ必要な年齢の達していないムサシには悪いが、アズサワはタタラに申し出た。

「タタラさん、大会に出てみませんか？」

起動二千二百三十一日前　ミミゾー

四か月後、タタラはスポーツ新聞社が主催する剣道大会に出場。

全剣連主催ではないため著名な強豪選手が集まっている大会ではないが、個人戦男子無差別級に出場し見事三位の成績を収めた。

もちろん十分な実力も身についていたが、対戦相手の誰もが初めての二刀流選手との試合に間合いやタイミングのセオリーが崩されて調子を崩していた。

キャリア一年の二刀流の新顔は業界で話題となり、武道の専門誌には「打！打！打！」「蹴！蹴！蹴！蹴！」と自身の技を叫びながら攻撃する日本拳法大会の小学生低学年の部で優勝した選手とともに〝個性派の新鋭武道家〟として大きく取り上げられていた。

アズサワから掲載雑誌を見せられた時、ムサシは同じ六歳ながら日本拳法で活躍する、そのミミゾーという少年のことが気になった。

起動二千二百十七日前　目標

「千日の稽古を鍛となし、万日の稽古を錬となす」

「鍛錬」の語源が『五輪書』水之巻に記されていることを知ったムサシ。

タタラが大会で好成績を収めて以降、ムサシは自分だけが取り残されているよう気がして休みの日に一人でも道場に通い続けた。

練習相手がいない時は打ち込み台に向かって二刀の竹刀を振り続けた。

「何事もきる縁と思ふ事、肝要也」（宮本武蔵『五輪書』水之巻より）

何ごとも敵を斬るためのことだと思うことが肝心である。

決して目標を見失ってはならないことも武蔵は言っている。

そう、ぼくはロボビルダーに選ばれなくてはいけないんだ。

起動千九十四日前　剣道部

「だめだ、二刀流は認めない」

中学生になったムサシは剣道部の顧問のもとを訪れたが、二刀流は認められず入部を断念した。

十八歳になるまで二刀流では大会に出られないのだから当然といえば当然なのだが、アズサワは自分が現役の頃と何も変わっていない現状を悔しく思った。

六年間道場に通い続け、ムサシは十分、二刀流として基礎と実力を身に付けている。

では、大会への出場資格がないことを知りながら、なぜ剣道部の門を叩いたのだろう。

アズサワはそれを疑問に思っていた。

もしかして、友達が欲しかった？

ムサシのこれまでの境遇は私生活も共にするようになったタタラから聞いていた。

タタラが父親代わりであるため、アズサワは口にこそ出さないが当然〝母〟を意識する。

まだ子供のムサシのためを思ってアドバイスをしてみた。

「一刀も気分転換の勉強になると思うよ。ほら、部活なら友達も出来るし」

一刀での基礎を学んでから二刀流になることにアズサワは反対していたが、二刀流のスキルを身に付けたうえで一刀の剣道にも挑戦するのは悪くないと本気で思っていた。

「お心遣いありがとうございます」

アズサワからの助言を息子なら絶対言わない口調でムサシに却下された。

ぼくには友達になると決めた同じ歳の男の子がいる。

ムサシの机の引き出しには、五年前、タタラの載った雑誌からこっそり切り抜いた、拳法少年・ミミゾーの記事がずっと入っていた。

起動千三日前　真剣

「六年前の夏、ワシは君たちにある試練を与えた」

ムサシとタタラは東京スカイツリーの見える隅田公園でクギ爺と久々の再会を果たした。

「試練だなんて。富士登山は本当にいい経験で今でも大切な思い出ですよ。なぁ」

クギ爺はうなずくムサシを見て子供の成長の早さを再確認した。

「しかし、今度の試練は決して幸福な思い出とはならない。そこで改めて君たちに確認したい」

クギ爺はスカイツリーが建つ方に向き直って聞いてきた。

「東京スカイツリーのロボビルダーとなって戦いたい。その意思に代わりはないか？」

「はい！」

「はい」

ムサシは元気良く、タタラは冷静に同じ返事をした。

「では、二人とも道場を辞めてもらおう。アズサワ氏にはワシから連絡する」

「え、どうして？」

タタラは動揺を隠せない。

「これから剣道の道に反するからじゃ。竹刀を刀に持ち替える」

「それは・・・」

「君たち二人には真剣による二刀流で戦ってもらう。勝った方がロボビルダーじゃ」

呆然としてしゃべることが出来ない。

一体、今、何を言われたのだろう。

タタラは大事な確認をした。

「真剣ということは、僕ら二人が斬り合うと・・・」

「君たちはロボビルドについて知りすぎた。ロボビルダーでない人間が生き残っていては迷惑になるからな」

「そんな・・・」

「勝った一人がロボビルダーとなり、敗れた一人は命を落とす。そういうことじゃ」

「どちらかが死ぬ・・・」

タタラはクギ爺の言葉を受け入れるのに時間がかかっていた。

「・・・・・」

横のムサシはいつかこの日が来ることを悟っていたように無言のまま微動だにしなかった。

「勝負は一か月後！　対決の地は巌流島じゃ！」

起動九百八十六日前　　秘密

「今までありがとう・・・」

僕とムサシ君が巌流島で対決し、勝ち残った方が東京スカイツリーのロボビルダーになる。

そんなこと言えるはずがなかった。

言ってはいけないことだし、一から説明すると自分の何かが爆発しそうだった。

「私には何も教えてくれないわけね」

アズサワは指が欠けた手で涙をぬぐい最後にそれだけ言った。

「ほんとにごめん・・・」

君に教えてもらった二刀流で僕たちは斬り合わなければならないんだ。

そんなこと言えるはずがなかった。

起動九百七十四日前　　巌流島

山口県下関市。関門海峡にある無人島・船島。

宮本武蔵と佐々木小次郎の決闘が行われた通称・巌流島に、早朝に借り切ったモーターボートでムサシとタタラ、クギ爺の三人は向かっていた。

かつての歴史的対決が行われた日時は、慶長十七年四月十三日、辰の上刻。

現代でいえば西暦一六一二年四月十三日、午前七時十分の立ち合い。

その世紀の一戦と同じ時刻、島に設けられた武蔵と小次郎の銅像の前で最後の確認が行われた。

「さすがに武蔵と同じ愛刀までは用意出来なかったが・・・」

クギ爺はそう言って二刀一組の日本刀をムサシとタタラ、それぞれに手渡した。

ずしりと感じる重さは玉鋼により作られた本物の刀剣という理由だけではない。

この刀によってこれから行われる、覚悟、緊張、恐怖、動揺などから感じるものだ。

「明日の同じ時間、島に迎えに来る。生き残っていた方を連れて帰る。・・何か聞きたいことは？」

ムサシとタタラはこの島に来てから初めて顔を合わせ、無言で無いという返事をする。

「では」

クギ爺は両手に刀を持つ道着の二人を島に残して去っていった。

「今日は話をして、対決は明日の朝にしないか」

タタラの提案に同意し、今日は二人で島を散策することにした。

タタラは巌流島の決闘にまつわる様々な言い伝えをムサシに教えた。

武蔵がわざと遅刻してきたというのは間違いで潮流の変化から本当に間に合わなかったという説や、武蔵は一人で戦ったように語られているが瀕死の小次郎にとどめを刺したのは連れて行った弟子だった説など、虚実交えた語り草も含めてその歴史は伝説となっていた。

「アズサワさんにはどう説明したんですか?」

ムサシは二人の付き合いを知っていたし、タタラも知られていることを知っていた。

「さすがに何も言えなかったよ。でも、ロボビルドのことは隠しておいても、僕らが巌流島で対決するという話はしても良かったかなとも思ってる」

「意外に面白がったかもしれませんね」

「確かに。私に立ち合いやらせて! とか言い出しかねない」

「ふふふ・・・。あ、神社だ」

島の守り神である船島神社で、二人合わせて〝六百三十四円〟を賽銭箱に納め参拝した。

何のお願いをした? あえてお互いにそれを聞かなかった。

「明日はここにしよう」

明朝の対決の場として使えそうな広地を見つけ、そこで刀を振ってみることにした。

ビュン！　ビュン！　ビュン！

音を立て素振りで空を斬ると二人は道場に通い出した頃のことを思い出した。

「重さはありますけど、振りやすいですね」

「われ若年之昔より兵法之道に心を懸け、十三歳にして始めて勝負をす」（宮本武蔵『五輪書』地の巻より）

「十三歳？」

「そう、宮本武蔵が初めて勝負をし勝利したのが十三歳だった。今のムサシ君と同じだ」

「・・・そうなんですね」


見つけた古い小屋を寝床にすることに決め、近くで火を起こすことにした。

タタラはライターを持ってきていたが、それを使わず遠くに放り投げた。

「こんな日は、自分たちで起こさなきゃいけない気がするんだ」

ムサシもなんとなく今日の行いとしてはそれが正しいように感じた。

二人で薪と枯葉を集め木の棒で火床となる穴を掘る。

そこに小石を敷き詰め周りを囲うように大きな石を並べる。

穴に薪と枯葉を入れ、着火剤の代わりにリップクリームを使い防寒対策として持ってきたアルミホイルに包み、落ちていた鉄と石をぶつけ火花を起こそうとするがなかなか上手くいかない。

「ぼくにやらせてください」

いつもタタラに頼ってきたムサシは火打ち石に挑戦した。

何度も、何度も。

「点いた！」

何とか小さな火種を作ることに成功し火を起こすことが出来た。

「よし、じゃあ、先生がスペシャルカレーライスを作るぞ！」

今夜のキャンプが二人にとっての最後の思い出になるのは確かだった。

調理にはムサシも手伝い持ってきた飯盒と鍋で不恰好だが美味しいカレーライスを作った。

「いただきます」

だが、タタラは手をつけず、ムサシからのニンジンを待っていた。

「ニンジンを食べられるようになったのは知っている。でも、今日は欲しいんだ。君から」

ムサシは富士山の山小屋でもしていたようにスプーンでニンジンをタタラの皿に入れる。

暗くてよく見えていなかったがムサシはノールックのすまし顔をしていたはずだ。

「フフフ、美味しい」

やや水分が多く出来はイマイチだったが二人にとっては最高のカレーライスだった。

「先生、・・・ずっと前、養護施設にぼくを訪ねて人が来なかった？」

「それは・・・・・・」

施設で引き取って一年が過ぎた頃、確かに両親と思われる二人が訪ねてきた。

その時のことをタタラはよく覚えている。

ムサシ君を捨てた非に対して何の悪気もなく一切侘びることもなかった。

そして一年間預かって育ててきた僕に対する礼も何もなかった。

そんなものは端から求めていなかったが、タタラはムサシに会わせることは拒んだ。

面会させることを渋っていると、二人は「いいです、元気なら」と帰って行った。

そのことはムサシが大きくなってもずっと秘密にしておくべきだと思っていた。

「えーと・・・・・・」

「先生、言わなくていいです。きっと単なる噂話だと思いますから」

自分の下手くそな反応からムサシはきっと理解したはずだろう。

「じゃあ、先生からも質問させてもらってもいいかな？」

「どうぞ、お願いします」

「ムサシ君は今日まで育てて一緒に過ごしてきたのが僕で良かった？　それともやっぱり両親が良かった？」

「両親のことは分かりません。ただ先生と一緒に過ごすことが出来て良かったと思います」

「・・・ありがとう。嬉しいよ」

「・・・あ、すみません。〝出来て良かった〟って今日までみたいな言い方して」

「いいよ、本当だから。・・・どういう結果になろうと」

「とてもつらいです」

「すごいつらいよな」

「泣きたいほどつらいです」

「スイカ割りで間違って頭を叩かれるぐらいつらいよな」

「あー、もういいですよ、先生の勝ちで」

「アハハハハハハ～」

おしゃべりしりとりを終え二人は笑い合って寝床に入った。

起動九百七十三日前　　熊

「！」

深夜、外で物音がするのに気づいて二人は一緒に目を覚ました。

「タヌキだと思う。島にいるって聞いたから」

「ちょっと見てきます」

ムサシが木戸を開き、左を見て、右を見た瞬間に目が合い悲鳴を上げる前に飛びかかってきた。

「ムサシ君！」

タタラが慌てて外に出るとムサシが毛むくじゃらの動物に襲われていた。

タヌキじゃない！　クマだ！

体長一メートル、五十キロはあるクマに間違いなかった。

「ムサシ君！　抵抗するな！　そのままうずくまるんだ！」

小屋に戻り二刀を持ってきたタタラは、前脚の爪でムサシの背中の肉を削り取っているクマの背中に小刀を突き刺す。

クマは声を上げてムサシから離れ、タタラを敵とみなして襲いかかる。

大刀を振り回しながら応戦するタタラは、ムサシにアイコンタクトを送る。

そうだ！　確かこのへんに・・・あった！

ムサシはタタラが投げ捨てたライターを茂みの中から見つけ出して木の枝に火を点け、出来る限り近づいてクマの背中を焼きつける。

燃え広がる火を消そうと背中を地面につけてのたうち回るクマ。

タタラは仰向けになったクマのお腹を小刀と大刀でエックスの赤字を描くように切り裂く。

「ハァハァ・・・完全に動かなくなるのを待つんだ。背中の怪我は？」

「ハァハァ・・・大丈夫です」

「クマは海を泳ぐからな、エサを求めて他の島から来てここのニオイに気づいたんだろう。夕食の後片付けを怠った私のミスだ」

「そんなことないです。ぼくだって・・・」

「あ・・・！」

「先生、どうしたんですか？」

「怪我の治療は後だ。・・・もう一頭いる」

暗闇の草むらの中で光る二つの目の光が少しずつ近づいてくる。

「まさか・・・」

ムサシが振り返って見るとその大きさは五メートルほど。四百キロはあるかもしれない。

「間違いない。さっきのが子グマで、こっちが親グマだ」

「逃げましょう」

「無理だ。クマは百メートルを六秒で走る。それに目の前で自分の子供が私たちに殺されるのを見たんだ。・・・もう、戦うしかない」

「あんな怪獣みたいなクマと戦うって・・・」

なんでこんな時にと思いながら顔の知らない親の姿を一瞬思い浮かべたムサシは、頭を振り払い覚悟の表情を見せる。

「武士は只死ぬると云道を嗜事と覚ゆるほどの儀也」（宮本武蔵『五輪書』地の巻より）

「死ぬ覚悟が肝心。よく覚えた」

爪牙を鋭く尖らせた巨大な親グマはのそりのそりと近づいてくる。

「まず、私があおって引き付けておく。その間に刀を取りに行くんだ」

「はい！」

タタラはクマから目を離さず二刀を使い二つの円を描くように手を広げ対決の意思を示す。

その間にムサシは小屋の中から自分の二刀を持ち出す。

クマがまさにタタラに向かって爪をふりかざそうとした瞬間、ムサシは駆けつけた勢いのまま大刀でクマの背中を斬りつける。

「先生から離れろ！」

初めて斬った生き物の肉。

血飛沫がムサシの顔に降りかかる。

クマは振り返り標的をムサシに代える。

ムサシは血が滴る大刀にクマの気を向けさせ右手に噛みつこうとしたところを狙い、左手の小刀で顔面を突き刺す。

クマの弱点と聞いたことのある鼻を狙ったが、ずれて右目に刺さった。

「いいぞ！　片方の視力を奪った！」

今度は木に登っていたタタラがジャンプする勢いのまま、痛みと視界の不良から硬直しているクマの左脇を大刀で突き刺す。

「よし、これで利き手の左が使いづらくなったはずだ」

右目に小刀を刺し左脇に大刀が刺さっているために左腕に自由が利かなくなったクマは、右手一本でタタラを掬い上げ大きな口を広げ牙を立てる。

「うぐっ・・・」

「先生！」

タタラの下半身はクマの口内に収まり外に出た上半身でもがいている。

「大丈夫だ、喰われはしない」

タタラはクマの口内で小刀を縦に置いて固定させ顎の動きを防いでいた。

しかし、刀を噛み砕きタタラがクマのエサになるのは時間の問題だった。

「おい、見ろ！　こっちだ！」

一瞬離れたムサシは、親クマの気を引こうと殺した子グマの遺体を肩に担いでいた。

親グマの左目がギロっとそれを認識した。

「さあ、こっちに来い！」

ムサシは子グマを担いだまま草むらの中を走っていく。

親グマはタタラを咥えたまま、それを必死に追いかける。

そうか！　タタラはムサシの狙いに気づいた。

「ムサシ君、走れ！　池まではもうすぐだ！」

クマが水の中に入れば呼吸のために一瞬顎の力が緩むはずだ。

そこで私は口から刀を持って抜け出し、水中で柔らかいお腹をかっさばく。

「ほらほら！　来い来い！」

ここを抜けたら・・・見えた！

よし、ギリギリまで引きつけるんだ。

池の淵に立ち迫って来る親グマを挑発するムサシ。

まだだ、まだだ。

よし、今だ！

ムサシは肩に担いでいた子グマの遺体を池の中に投げ入れ、うつ伏せになって親グマを避ける。

親グマは子グマの後を追い、口に咥えたタタラとともに池の中にダイブする。

「先生！」

沈んだ。

完全に池の中に沈み水面に生き物の姿は何も見えない。

明け方になり陽が差してきたことに今になって気づいた。

こんなに静かな島だったのか。

遠くから波の音と鳥の鳴き声が聞こえる。

しばらくすると池の水に赤い色が混じり出した。

これは人の血なのか？

それともクマの血なのか？

すると、タタラの姿が水面に現れる。

「先生！」

ムサシは待ちきれずに池の中に飛び込みタタラを迎えに行く。

だが、タタラは安らかな青白い顔をしたまま仰向けになっている。

もう、息をしていなかった。

「先生！　先生！　ぼくたちの対決は⁉」

水中ではタタラが仕留めた巨大な親グマも死んでいた。

「先生！　先生――！」

右手には大刀、左手には小刀がしっかりと握られている。

タタラは堂々とした二刀流の姿で目を閉じ水面に浮いていた。


「・・・ムサシ・・・」

迎えに来たクギ爺は、クマの爪で引き裂かれ、びしょ濡れで泥だらけの着物を着たまま、涙と汗と鼻水と血でぐしゃぐしゃになっていたムサシを強く抱きしめた。

起動五百八十八日前　東京スカイツリー

「建物LOVE・カンナの週刊ロケビルドー！　はい、中学生ポッドキャスターのカンナです。街の建物からロケしてお送りするポッドキャスト、今日は東京・墨田区にきていまーす！」

クギ爺の影響で建物好きに成長した孫娘のカンナだが、ヤスリの事故死の影響から大工仕事を継ぐことは反対され、悔し紛れで中学二年生になって始めたのがポッドキャストだった。

「墨田区って言ったらもう分かるよね。そう、東京スカイツリーでーす！　これさぁ、写真撮りたいんだけど、どう頑張ってもてっぺんまではフレームに入らないんだよね。高過ぎでしょ、三百六十四メートルで〝武蔵〟って呼ばれんだってね。ここが東京の真ん中だ！　日本の大黒柱だっていわんばかりの堂々した立ち姿、宮本武蔵にも見てもらいたかったなぁ。〝電波塔〟って聞いても何それって言われるだろうけどね。さぁ、今回も見学者にインタビューしてみましょう。大きな荷物を持った女性の方に聞いてみましょう。旅行者の方ですかね。すみませーん、お話いいですか？」

「あ、はい」

「今日はなんで東京スカイツリーに来られたんですか？」

「実家の熊本に帰るんですけど、ずっと東京に住んでるのに来たことなかったんで」

「そうなんですねー、どうですか、初めて見に来られて」

「本当に刀が塔になったような美しい形なんですね」

「ですよねー。斬れ味良さそうで」

「うん、きっとムサシは強くなる」

「強くなる？　・・・まぁ、確かに大っきいですしねぇ。すみません、お名前は？」

「アズサワって言います」

「お話ありがとうございました。気をつけてお帰りくださーい」

カンナはなぜか左手だけに手袋をはめていたアズサワの悲しみに打ちひしがれていたような表情が

気になった。

きっと何らかの理由から身だしなみに気を回すことも出来ないでいるのだろう。

でも、なんでだろう。また会いそうな気がする。

カンナは彼女の後ろ姿を見送りながら乱れた長い髪を結ってやりたい気持ちに駆られた。

今度は「定礎」の前からずっと動かないでいる同じ年頃の少年にマイクを向けてみた。

「すみませーん、ポッドキャストなんですけどお話いいですか？」

「はい」

「なんでずっと定礎を見てるんですか？」

「スカイツリーにも定礎ってあるんだなーって思って」

「建物の安泰を祈るとか昔からの建築業界の習慣ですもんね。でも、マニアックなところ見てますねー。すみません、お名前は？」

「ムサシって言います」

「えっ？　ウソ！　マジで？　偶然？」

「スカイツリーは大好きだけど、名前はたまたまです」

「へー、そーなんだー。じゃあ、スカイツリーは六百三十四メートルだけど、ムサシ君も身長が百六十三.四センチとかだったりする?」

「せめてその身長までは高くなりたいんだけど・・・」

「やっぱりそっかー。あたしより身長低い感じだからどうなのかなーって思って。・・・あ、ごめんなさい！　あたし、建物のポッドキャストで何て失礼なこと話してんだろ。じゃ、どうもありがとうございましたー！」

起動三百六十二日前　河童橋

中学三年生になった頃、ムサシは料理を新しい趣味にしていた。

日本刀を扱ったことから刃物にも興味を持ち、スカイツリーにもほど近い、東京・河童橋の専門店をのぞくと料理で扱う包丁にも様々な種類があることが分かった。

何度も通い続けていたため何かに思いつめた少年のように思われ心配されたが、そうでないと分かると店の品はどれも高いからと御主人から自分で使っていたという一本を譲り受けた。

青二鋼を使った墨流造りの和包丁は切れ味はもちろん、研ぐ度に切刃の地金部分の波紋が変化するのも楽しく、研ぐために沢山切って使いたいため自炊の機会はやたらと増えていった。

台所に立っている最中はスマホで以前取材を受けたことのあるポッドキャスト「建物LOVE・カンナの週刊ロケビルド」をよく聞いていた。

スカイツリー以外の建物のことは詳しくなかったので勉強になることばかりで楽しい。

東京タワーの色が赤ではなくインターナショナルオレンジなことにはほんとに驚いた。

起動五十三日前　其ノ二　　ライセンス

中学卒業を間近に控え、ムサシは初めてクギ爺の浅草の家に招待された。

同い年の孫娘を紹介するからと言われていたが、友人のお見舞いに行っていて留守だった。

「タタラ先生から〝自分にもしものことがあったら〟とムサシのためにこれを預かっていた」

「厚いですね。日記・・・ですか？」

「養護施設の保育士として、保護者としてずっと記録していた日誌じゃ。ムサシの十五年間がここに記されている。持っていて損はなかろう」

「ありがとうございます」

「辛いだろうが彼の最後の一日のことはお主が自分で書き残しておくんじゃな」

「・・・・・・」

巌流島でのクマとの死闘については今でも時々思い出す。

だが、悲しみに暮れるのはもうとっくにやめた。

あの日、どう仕留めるかばかりを考え、ぼくにはクマの表情と動きがよく見えていなかった。

今ならもっと違う戦い方が出来たはずだという反省ばかりだ。

この反省をぼくは宇宙廃棄獣デブリとの戦いに生かしたいと考えている。

「歩くこと走ること、ロボビルドはビルダーの思いのままに起動する。だが、傷付けばビルダー自身も痛みをともなう。それでも戦う覚悟があるなら受け取るんじゃ」

窓から見える東京スカイツリーが夕焼けに反射して光っていた。

ムサシはクギ爺から差し出されたROBO-BUILDERライセンスカードを受け取った。

起動六日前　其ノ二　　出会い

東京・汐留の交差点。

ムサシはクギ爺から聞いたデブリの破片が空から堕ちてきたという現場を訪ねてみた。

その宣戦布告の被害を受け首都高から車が高架下に落ちる死亡事故が発生したという。

痛ましい記憶を残す事故現場には同じ西梁高校の制服を着た車椅子の生徒がいた。

学校でまだ見たことがないため、学科も学年も違うのかもしれない。

青信号になっても進まないため押しましょうかと声をかけたが丁寧に断られた。

なんとなくどこかで見た記憶があったが思い出せなかった。

起動初日 其ノ二　不可

東京都千代田区・西梁高校。進学科1年生の教室。

授業中に突然、全てを包み込むような強烈な閃光に包まれる。

それと同時に、大地震が起こったかのように轟音が響き、
やや離れた場所に巨大な鉄の板のようなものが煙に包まれ堕ちたのが見えた。

デブリだ！

ムサシは走って教室を出ていく。

途中の非常階段から確認すると、デブリは地面に刺さった墓標のような状態から二百メートルほどの獣の形に変形し、雄叫びのように大きなうなり声を響かせる。

パニックになっている群衆を避けながら東京スカイツリーに駆け付けた。

そして、クギ爺に言われていた通り定礎に手を合わせ、今まさに押し込もうというところでメッセージが届けられた。

〈出動不可〉

どういうことかと確認すると、今回のデブリは大きくないため、最新型のスカイツリーの前に、まず東京タワーを出動させ起動状態を確認しておきたいという。

ムサシは仕方なく展望台に上がり高みの見物をさせてもらうことにした。

宇宙廃棄獣デブリを相手に戦う東京タワー。

操っているのはよっぽどの身体能力を備えたロボビルダーに違いない。

半世紀以上前の基体ながらビュンビュンと街を疾走する姿にまず驚いた。

あの構え、あの動きは・・・なるほど、日本拳法の使い手か。

ん？

声が聞こえる。

「打！打！打！打！打！打！」

「蹴！蹴！蹴！蹴！蹴！蹴！」

ムサシは六歳の頃に武道の雑誌で見て、同じように技を叫びながら攻撃する、日本拳法大会の小学生低学年の部で優勝したミミゾーという同じ歳の選手のことを思い出した。

あの切り抜きなら今も引き出しのなかにあるはずだが・・・。

いや、まさかな。偶然に違いない。
・・・あ、どうした！
東京タワーが倒れたまま動かないでいる。

やはり基体の古さから可動が思うようにいかないのだろう。

どうするんだ。

これは、ぼくも戦いに参加した方がいいのではないだろうか？

クギ爺に確認するがオペレーションで連絡がとれない。

東京タワーはまだ立ち上がらないぞ。

どうする？　いや、もう行くしかない！

建物一階まで降りたムサシは定礎の前に立つ。

定礎に手を合わせ、クギ爺から言われた言葉を心の中で反復する。

「時が来たら・・・定礎を押し込め！」

押し込まれた定礎は光を放ちムサシを基体の中に引き込む。

真っ暗だ。

これでビルドインしたのだろう。

よし、立つぞ。

ムサシが立ち上がる。

東京スカイツリーが、脚、腰、胴、胸、腕、首、頭・・・と二足歩行型のロボットに変形する。

同時にミミゾーの視界は最上部の頭部の位置と等しくなる。

よし、ビルドアップ成功だ。

走れる。

ロボットになった東京スカイツリーは街を颯爽と走り抜ける。

なるほど、言ってた通りだ。

自分が走るそのままの感覚で行ける。

よし、このままだ。

飛ぶぞ。
・・・・・なにっ⁉
高い視界に慣れていなかったムサシの操る東京スカイツリーは、戦車に変形して足元を走っていた東京タワーを見逃してしまう。

だめだ、間に合わない！

勢いをつけたままのスカイツリーは戦車の東京タワーを踏み台にし高くジャンプする。

下降しながら勢いをつけ、空中で抜いた二刀の剣でデブリを一瞬にして八つ裂きにする。

煙に包まれ殺到と地上に着地し、二刀を鞘に収めて東京スカイツリーが立ち上がる。

起動千五百二十一日前　跡地

「建物ＬＯＶＥ・カンナの週刊ロケビルドー！　はい、小学生ポッドキャスターのカンナです！　街の建物からロケしてお送りするこのポッドキャストなんですが、今日は番外編です。目的の建物はありません。台東区浅草二丁目にある高さ十二階の塔、凌雲閣！・・・の跡地にやってきましたー！

そうそう、新聞とかニュースで見た人もいるんじゃない？　私の地元で家からはちょっと離れたところで花やしきの横ぐらいなんですけど、ビルの工事現場から、なんと明治から大正時代にかけて建っていた伝説の塔、凌雲閣の土台が発見されたんです！」

二〇一八年（平成三十年）二月に発見された浅草十二階こと凌雲閣の遺構は、基礎部分の煉瓦と八角形の土台のコンクリートの一部だった。

クギ爺の祖父が建設に関わり、一九二三年（大正十二年）九月の関東大震災で真っ二つに折れた後に爆破され、太平洋戦争、高度経済成長、バブル崩壊、そして東日本大震災・・・、日本史に色濃く刻まれる様々な日本と日本人のスクラップ&ビルドを繰り返してきた百年間を、土の中からじっと静かに見据えてきた歴史ある建物の欠片たち。

そんな、たかが残骸でも凌雲閣について写真や活字だけで思いを募らせていた建築ファンにとっては一大ニュースで、現場には全国からカメラを抱えたマニアが集まった。

「昭和に建設された東京タワー、平成に生まれた東京スカイツリーと並べて〝東京の三大タワー〟って呼ぶ人もいるんだよね。建物が無いのにこの存在感、凄くない？　えーっと、この中で凌雲閣に登ったことがある人ーー！　日本初の電動エレベーターに乗った人ーー！　エレベーターが壊れてて階段で登った人、いませんかー？　インタビューさせてくださーい！」

さすがに百歳過ぎの地元民はいなかったが、よく知ってるねぇと笑って反応してくれた見物客の何人かが赤い煉瓦の欠片を持っているのが気になった。

「あ、なんですか、その煉瓦？　え、凌雲閣の？　欲しい欲しい！」

遺構の解体作業を進める工事現場の作業員にお願いして、何人かがこっそりと凌雲閣の一番の特徴であった煉瓦の欠片をもらっていた。

「はい、もうだめー！　危ないから！　下がって下がって！」

その行動に気づいた人がまた殺到し作業員はカンナを含む野次馬を追い払った。

「何なの！　もうケチー！　・・・ん、これ何だろ？　・・・お札？」

煉瓦をもらえなかったカンナは作業現場の隅に年季の入った木の札が落ちているのを発見した。

土汚れを取り払うと何やら字が書かれているのが確認できた。

「戦・塔・者・・・？」

何かを感じたカンナは周囲を見渡し誰にも見られていない隙にポケットにしまった。

「凌雲閣の煉瓦がもらえなかったのは悔しいけど、貴重な現場が見られて良かったです！　あー、なんか久しぶりに人形焼食べたくなってきたな。買って帰りまーす。今回は以上！」

起動初日　其ノ三　　戦塔者

戦いを終えてビルドダウンし元の場所で建物の形に戻った東京タワーからミミゾーが車椅子で、東京スカイツリーからムサシが、二人がともに浅草にやって来た。

「ミミゾー君！」

ムサシがミミゾーに気づき目を輝かせて走って駆け寄る。

「あ、やっぱりミミゾー君だ！　ぼく、ムサシって言うんだ。前に汐留の交差点で！」

「あー、あん時か。・・・ん、同じ西梁？」

ミミゾーはムサシが同じ西梁高校の制服を着ているのに気づいた。

「うん、進学科だけど。さっきは本当ごめん。最後に邪魔に入っちゃって」

「えっ？　・・・オイ、まさか、お前が東京スカイツリーの？」

「今日は車椅子を押させてもらうからね」

「・・・・・・勝手にしろ」

このムサシっていう同級生の小さな野郎があのスカイツリーを操り一瞬にしてデブリを八つ裂きにしたっていうのか。とんでもねーな。

宮本武蔵の剣術にならって二刀流の訓練も相当積んだのだろう。後ろから感じる気配でコイツなりに大きな試練を乗り越えて今日の戦いに至ったことはひしひしと伝わる。

ミミゾーは頭のすぐ側にあるムサシの両手の体温を感じながらそう思っていた。

ムサシもミミゾーの赤い頭を眼下に見据えながら殺気のような覚悟を感じていた。

東京タワーという半世紀以上も古い基体であれだけの拳法の攻撃を繰り出すなんて、ミミゾー君は一体どれだけの身体能力を持っているのだろう。

そして、真田幸村の全身朱色の兜鎧を想起させるような勇ましいヒト型のロボットに止まらず、戦車にも変形してしまうなんて。

まさかあれは車椅子に乗るミミゾー君の身体だから可能だったのだろうか。

だとしたら間違いなくミミゾー君は東京タワーから選ばれたロボビルダーなんだ。

ムサシはミミゾーの後ろで鼻息荒く興奮している様子がバレていないか気がかりだった。

「お前、さっきからうるせーよ」

「え、何もしゃべってないけど」

「思ってることがうるせーって言ってんだ」

「・・・はは、バレてたね」

これから最強の親友として認め合っていく二人。

これから最大のライバルとなって火花を散らす二人。

車椅子を押しながら、押してもらいながら、二人の間には安らかな緊張感が漂っていた。

「ロボビルドは二基とも良く動けていたと思います」

デブリとの戦いを終えカンナとクギ爺が浅草の家の前で二人を待っていると、ヒイラギがいつものどこの国のものか分からない服をまとい真っ黒なサングラスをかけてやってきた。

「しかし、今回のデブリはあくまで〝最弱〟のクラスであることをお忘れなく」

「分かっておる」

「カンナさんは初めましてですね。例の木札は失くさぬよう大事に持っていてください」

「え？　あー、はい」

「では、今後の健闘を祈ります」

「うむ」

「では、人形焼をどうぞ」

「あ、ありがとうございます」

ヒイラギはカンナに紙袋に入った人形焼を渡し去っていく。

「なんじゃ、例の木札って？」

「たぶん、これのことだと・・・」

「おー、来た来た」

カンナがポケットから木札を取り出して見せようとすると、ムサシが車椅子を押してミミゾーと一緒にやって来た。

カンナはすぐに東京スカイツリーで会ったことを思い出した。

「ほらやっぱり！　ムサシ君、前に私のポッドキャストに出てくれたよね？」

「カンナさん、二度目まして！」

「えっ、ミミゾーもムサシ君とも知り合いだったの？」

「まー、なんでもいーよ」

「なんじゃ、もう、お互いの紹介はいらんみたいじゃな。さあ、入れ入れ」

居間まで通されると、ミミゾーは一年前に来てロボビルドの設計図を見た時とは違って家の中がバリアフリー仕様に改装されていることに気づく。

「そうなんだー、ムサシ君も一度家に来たことあんだね」

「カンナさんは留守でした。ミミゾー君のお見舞いに行っていたんだと思います」

「それより、クギ爺、スカイツリーのことなんて聞いてなかったぞ」

「すまない。入院もあってミミゾーには報告の機会を逃していた。しかし、今回はスカイツリーへの出動の指令は出していなかったはずじゃ」

「はい、確かに。ですが、東京タワーが劣勢でピンチに陥ってると思い込み勝手なことをしてしまいました」

「まあ、懸命な判断であったとは思う」

「ぼくも東京の街を守りたかったし、ロボビルドの仲間も守りたかったんです」

「まあいいよ。オレも逆の立場だったら行ってたし。・・・もっと早くな」

「はい、人形焼食べよ！　甘いものは心を落ち着けるって誰か言ってたよ」

カンナはテーブルの上にヒイラギからもらった人形焼が入ったカゴをドンと置く。

みんなはそれぞれ人形焼を一つ取って食べる。

「あと一応言っておくけど・・・オレはピンチでも劣勢でもなかったからな」

「くくく・・・」

強がるミミゾーの言葉にカンナは笑いをこらえる。

「それよりクギ爺さん、ぼくには分からないことがあるんです」

ムサシは宇宙廃棄獣デブリの襲来について疑問を持っていた。

「もちろん日本も衛星やロケットなどで多くの宇宙ゴミを出しています。しかし、古くから宇宙開発が活発なアメリカやロシアはもちろん、世界各国から沢山の宇宙ゴミが排出されています。それなのになぜ、デブリは東京の街を狙って襲ってくるのですか？」

「これを見るんじゃ」

襖の巨大モニターとなって画面が分割され世界各国の大都市の様子が次々と入れ替わって映る。

「これは・・・！」

「東京タワーと東京スカイツリーが戦っていたのとほぼ同時刻の記録映像じゃ」

様々な国で形も大きさも異なる宇宙破壊獣デブリが暴れ回り、それぞれの都市を代表する建物がロボビルドとして戦いを繰り広げ始末している様子が見える。

フランスのパリで万国博覧会のシンボルとなった世界遺産の巨塔。

スペインのバルセロナで四十年以上建設を続けるガウディの大教会。

アメリカのワシントンＤ.Ｃ.で歴代大統領が執務を行ってきた白い官邸。

エジプトのギザで紀元前に建設された世界遺産となっている王の墓。

中国で秦の始皇帝によって紀元前に建設された世界最大の城壁。

イギリスのロンドンで国会議事堂に付属する世界一正確といわれる時計塔。

ギリシャのアテネで世界遺産に認定される守護神を祀る紀元前の神殿。

イタリアのピサに三.九七度傾いたまま建っている大聖堂の鐘楼・・・。

ヨーロッパ、アジア、アメリカ、アフリカ・・・それぞれが建物の歴史を背負い独特の形状による変形が行われ、特徴を生かした技と武器で街を舞台にダイナミックな戦いを展開させていた。

「驚いたな。世界中で同じ時間にこんなことが起きていたとは・・・」

目が追っつかない様子で唖然としているミミゾー。

ムサシは驚くも安堵したような表情に切り替わっていた。

「まだまだだ。今回起動していないロボビルドは世界中にあるし、日本各地にも定礎が押し込まれるのを待っている建物はいくらでもある」

「でも、頼もしいですよね。地球上にこれだけのロボビルドがいれば、みんなで協力し合えばどんなに強大なデブリがやってきても無敵じゃないですか」

「なにか勘違いをしておるようじゃな」

「え？」

「お前たちは戦うんじゃ。・・・あのロボビルドたちと」

「ロボビルド同士で戦うって？」

「それはどういうことだ？」

ミミゾーとムサシはクギ爺の言うことがよく飲み込めていないなかった。

「あと、ミミゾーはそっちの洋室じゃ。ムサシには奥の和室を使ってもらおう」

「は？」

ミミゾーとムサシが疑問の声を揃える。

「なんだ、部屋は逆がいいのか？」

「いや、そうことじゃねーよ！」

「生活用品はすでに運んでおる」

「ここで一緒に暮らすってことですか⁉」

家のバリアフリー化は先手を打たれていたってことか。

ミミゾーは自分の部屋を確認しあきらめがついた様子。

「やれやれだな」

ムサシも家財一式が運ばれているのを見て覚悟を決めたようだ。

「参りましたね」

ミミゾーとムサシは顔を見合わせながら笑った。

そして、自分たちがもう後戻りが出来ないロボビルダーという重要な任務を担ってしまったことを理解した。

カンナは二人の様子を見ながら戦塔者の木札を強く握りしめていた。

そして、誰かが自分に乗り移っているかのようにつぶやいた。

「あたしは・・・戦う・・・」

その声には誰も気づいていなかった。

【主な参考文献】

『押絵と旅する男』江戸川乱歩著（光文社文庫）
『浅草十二階 塔の眺めと〈近代〉のまなざし』細馬宏通著（青土社）
『浅草公園 凌雲閣十二階 失われた〈高さ〉の歴史社会学』佐藤健二著（弘文堂）
『幕末・明治 美人帖』ポーラ文化研究所編（新人物往来社）
『洗髪のお妻』己黒子著（金文館）
『戦争という見世物 日清戦争祝捷大会潜入記』木下直之著（ミネルヴァ書房）
『宇宙飛行の父 ツィオルコフスキー 人類が宇宙へ行くまで』的川泰宣著（勉誠出版）
『女子柔道の歴史と課題』山口香著（ベースボール・マガジン社）
『女子のための柔道の教科書』（滋慶出版／土屋書店）
『タワー 内藤多仲と三塔物語』（ＩＮＡＸ出版）
『偉大なる建設 東京タワーの建設記録』（ジェネオンエンタテイメント株式会社）
『プロジェクトX「東京タワー 恋人たちの戦い～世界一 のテレビ塔建設・333mの難工事～」』（NHK）
『日本拳法 改訂版』澤山宗海著（毎日新聞社）
『図説 日本拳法 基本・搏撃の形』土谷秀雄著（アテネ書房）

『東京スカイツリー完成記念特別展 ザ・タワー～都市と塔のものがたり～』（江戸東京博物館）
『東京スカイツリー 天空に賭けた男たちの情熱』山田久美著（マガジンハウス）
『東京スカイツリー 完成までの軌跡』（日本経済新聞出版社）
『東京スカイツリーに男泣き！』見ル野栄司（大和書房）
『新プロジェクトX「東京スカイツリー 天空の大工事～世界一の電波塔建設に挑む～」』（NHK）
『富士山ブック2021「3776m、日本一の山が呼んでいる」』（山と渓谷社）
『五輪書』宮本武蔵著（岩波文庫）
『武蔵の剣 剣道二刀流の技と理論』佐々木浩嗣著（スキージャーナル）
『剣術の日本史 二天一流はなぜ強かったのか』中嶋茂雄著（青春新書インテリジェンス）

このほか、ウェブサイト、ブログなどを適宜、参考にさせていただいています。

川野将一（かわの・まさかず）
1971年（昭和46年）生まれ。静岡県出身。放送作家・脚本家。
コント・クイズ・バラエティー・ドキュメンタリー・ドラマなどの企画・構成・脚本を手がける。“テレビの放送作家でラジオのヘビーリスナー”として著書に『ラジオブロス』（イースト・プレス）、『ラジオの残響 ヘビーリスナー聴く語り記』（双葉社）、『日本懐かしラジオ大全』（辰巳出版）など。本書は、建物への愛を叫ぶポッドキャスターの少女を主人公に現実の建物がロボットに変形して戦う、明治から令和時代の東京を舞台にした「建築ロボット小説」で書き下ろしによる初の小説となる。

ロボビルド 戦塔物語
2024年10月23日　第1刷発行
著　者――― 川野将一
発　行――― つむぎ書房
〒103-0023　東京都中央区日本橋本町2-3-15
https://tsumugi-shobo.com/
電話／03-6281-9874
発　売――― 星雲社（共同出版社・流通責任出版社）
〒112-0005　東京都文京区水道1-3-30
電話／03-3868-3275

ISBN 978-4-434-34666-8